Middleman's
Rules of Love

All about Love — 29

招租中，戀愛請進

by 苓菁

楔子

嗶嗶嗶嗶——嗶嗶嗶嗶——捷運刺耳的催促聲響起，我看著我應該搭上的車門，緩緩關起。

車子呼嘯而過，我手微微發顫，我真的站不起來。

緊接著，身後刮起了風，那是另一個方向的捷運進站，我向右後回首，看著地面紅燈閃爍，車廂依序出現在我眼前。

這或許也是我該搭上的車子。

兩個相反的方向，各自有兩個人，在同一時間不同地點等待我的赴約。

這不是向左走向右走這麼簡單，因為走到底不會是個圓，而中途有著不同人在等待。

像選擇搭上哪台車，就代表選擇了誰……但其實不是，我還沒準備好去接納其他人。

時間一分一秒的過去，每一班的捷運進站，我都告訴自己要站起來。

但最後我還是只能坐在這月台上。

心在拉鋸著，我厭惡這種快被撕成一半的痛苦。
向左？向右？
我今天只能選擇一邊嗎？

01

喀啦喀啦喀啦，極度嘈雜的聲音在柏油路上響著，我只能更加用力粗暴的加快速度往前走，舊型行李箱的輪子就很大聲啊，可是沒辦法，總不能讓我用扛的吧？

搬個家真是衰到爆了，屋漏偏逢連夜雨，機車縮缸送修，害得我只能把東西塞進行李箱，發出了引人側目的聲響。

為什麼不過幾天再搬？有這麼急嗎？才開學多久？誰這時候搬家？

就我！吳姚萱，一個倒楣到家的傢伙。

住宿當然是在暑假前就排定的，我跟隔壁班的阿草合租，其實也不是很熟，但剛好在找房子時遇到了，她想找個室友租家庭式的屋子，有客廳有廚房，還能有個共同空間比較舒適，跟我想法一致，而且這樣一來就有兩個人，要再找其他伴也容易。

房子我放心大膽的讓阿草去找，地理位置佳、房子也寬敞，但是室友……唉，我是個很大而化之的人，只要不要侵犯到我的私人空間無所謂，公共空間大家輪流清掃也不錯，但是如果遇到一天到晚開趴又喝得爛醉，還有直接在客廳就天雷勾動地火的室友，那就真的無法忍受了。

之前有跟室友反映，他們根本沒在鳥，因為其他三個人是朋友，一副我不爽就搬走的態度，誰叫人家偏偏又是房東親戚，真要趕人也是趕我們走是吧？

跟房東溝通也不見成效，房東還說你們大學生不都這樣嗎？偶爾開個趴還好吧……還好個頭啦！不說吵死人，還有惡臭飄散，最好不要把我當白痴，我只是俗辣，不敢報警而已。

誰叫房東有我的所有資料，沒事誰想蹚渾水？

事情的爆發點在上星期天，我提早回去，結果他們居然在我房間、在我的床上啪啪啪——真是夠了！太噁心了，我整個神經斷裂，什麼也不管的大聲咆哮，然後立刻 CALL 房東過來，要嘛解決這件事，要嘛解約！

嗚，房東超乾脆的！二話不說直接對我跟阿草解約，還限我一星期內搬走，報警、找調解這我都知道，問題是我們在他屋簷下，我隔天如果去上課時，他們把我東西丟出窗外，我不就欲哭無淚了？

說真格的，很多事情找法律不是最好的，就算我有理，房東跟室友暗地裡整我們，我一房間的東西被丟掉，衰小的還是我啊！

只能用第三十六計應付這一切了，多待一天危險一天，我毫不猶豫的答應，在那邊是一副氣概萬千的樣子……然後就面臨了學期中房子根本難尋的命運。

男友一直說我白痴，跟人家逞什麼氣，找房子要是這麼容易，大家需要寒暑假就開始找嗎？價位、地點、環境、屋況都是需要考量的，現在都開學了，好房子早就被租走，我只剩渣渣可以住了。

要寬敞的好房子不是沒有，但不是價格貴就是偏遠，當然我有機車也不成問題，只是距校遠的話，很多時間都要重新拿捏，生活的確也不那麼方便。

阿草沒計較，她急著想逃離，我們各自火速找尋住所，這種時刻已經沒有挑選的餘地了——幸好，在一連串的不順之後，還是給我找到了好地方。

好姊妹徐玉娟介紹的，是什麼去年友系的學長在找室友，家庭式分租，二十五坪，只有兩間房，學長要當二房東，剩一間空房出租。

那棟離學校算近了，至少騎車五分鐘內能到，價格也實惠，因為坪數小所以付的額外費用不多，兩個人住的話，學長住套房，外面的衛浴就是我專用，這根本很讚好嗎？重點是這次是姊妹淘介紹，我還跑去問其他學長姊，大家都認識那位「Adam 學長」，據說年紀比我們長，先當過兵再回來念書，是個乾淨整齊，待人和氣的人！

租！租！這時候我還有挑三揀四的權利嗎？

只是……我停了下來，看著手上的 Google Map，奇怪，我是錯過那條巷子了？明明是這邊後要左轉啊？但是我沒瞧見對應的巷子，往前面那條左轉的話卻又偏離了目的地！

「到底是在哪裡啊？」十月份，天氣還是很熱，我一手拖著行李箱，背上揹著背包，左右肩上的大袋子就別說了，行李箱上頭還掛了一個旅行包咧。

左顧右盼，這條巷裡都是小吃攤，現在正值吃飯時間，店家忙得不可開交，我還是不要打擾他們好了……反正等著買食物的人這麼多，看大家都很輕便，應該是住附近的吧？

「同學……」我在滷味攤旁抓了一個在等待的人，「請問一下您知道這個地址是哪裡嗎？」

我保證我是用極～度誠懇的眼神看著眼前的男生，只見他看了紙條一眼，再瞥向手機螢幕，然後：「不知道。」

簡單一句話，他立刻撇過頭。

那態度冷漠得讓我錯愕，不知道就不知道，幹嘛一副不想回答的樣子啊？

嘴裡咕噥著，我又找了兩個人問，大家都困惑的搖搖頭，似乎報地址比較難讓人知道，但是同學就跟我說，是這個滷味攤後面啊。

「後面？後面喔！」滷味攤老闆娘突然抬頭，「妳是不是要找81巷？」

81巷！我立刻亮了雙眼，拚命點頭，「對對對對，81巷45弄！我怎麼找都找不到啊！」

「唉唷，這邊就很亂啊！這邊這邊！」滷味攤老闆娘往身後一指，「這條就是81巷45弄啦！」

這邊？我認真看著老闆娘指的後方，那是塊陰暗的角落，而且地上還擺了他們一箱箱的食物，旁邊還有水桶，因為隔壁是賣水果跟冰的……等等，那邊有路嗎？

在老闆娘的殷勤催促下，我小心翼翼的往前，真的在右側靠牆的角落看見了一條巷子。

一條讓我懷疑會不會根本連行李箱都過不去的巷子。

「看！」老闆娘往上一比，水泥牆上鑲了塊牌子，「81巷45弄。」

非常好，這個從外面看得見才有鬼吧！我仔細觀察，這裡應該是巷口，但是外頭擺滿攤販，他們還自架帆布，所以把整個巷口全數遮去……學校邊有這樣的違規設攤其實正常，只是這巷子未免也太隱密了吧？

仔細量了一下寬度，幸好行李箱過得去，不過機車要騎進去很辛苦，看來可能未來得停在外面了！我左右肩膀的大袋子，只怕得螃蟹橫走才能順利通過。

總之，費盡千辛萬苦，我還是通過那約莫三公尺的窄巷，緊接著豁然開朗，原來45弄是條死巷，很妙的因為巷口過窄，所以裡頭還真的沒有人停車，最多只看見腳踏車而已。

左右與中間共三棟的二樓平房圍成一個區塊，簡直是迷你三合院，一棟樓才兩層呢，我在學校附近還沒看過這麼簡單的建築，感覺住戶並不多。

依循地址找到門牌，不過在出巷口的十點鐘方向罷了，兩層樓而已絕對不會有電梯，身為一個體壯的女漢子，扛這點家當算不上什麼。

一上去就見右手邊的藍色鐵門上，繫著一個袋子，一旁有張便利貼，寫著我的名字：「吳姚萱。」

袋子裡是一把鑰匙，我真為這裡的安全咋舌，敢情這附近治安這麼好？

不過這樣總比讓我在門外乾等好！感謝二房東啦！

二十五坪的房子還滿大的，進門後有陽台，陽台上擺著布鞋等外出鞋，看來鞋子是不能穿進去的！我搬了東西進去，格局有點怪，因為一踏上腳踏墊，右手邊就是個方形八人餐桌，左邊那一大塊才是客廳。

站在玄關幾乎就可以看見屋子全貌，右手邊的餐桌、直視三人沙發、茶几，還有沙發再往左邊點的位置就是廚房。

電視櫃跟玄關同一面，瞧不見；而玄關正前方就有一扇敞開的房門，看起來應該正是我的房間。

我打開燈，裡面有書桌、床板及簡單的衣櫃，當初就有說附基本傢俱了！而我門口往右看去是條一公尺的小走廊，底間是另一間緊閉的房門，想該是那位 Adam 學長的房間囉！

才兩間房，房間可不小，我有種賺到的感覺，趕緊把家當歸位後，才有時間喘口氣。

滑開手機，男友沒有新訊息進來，在當兵果然不能太常用手機，還是等晚一點他有空，主動聯絡時再說吧。

無聊在家裡閒晃，發現整間屋子乾淨得有點驚人，客廳及餐廳簡直井然有序，一絲不苟，就連斜對角那間專屬我的浴室裡，也是整潔到詭異；我聽過 Adam 學長非常「乾淨整齊」，但萬萬沒想到會乾淨成這樣耶……嘿，還是這是專為新室友準備的啊？

不過我什麼東西都不敢動，最多就進浴室洗了把臉，開始關心阿草究竟找到房子了沒？再拍照分享一下我找到的房子；九點多還等不到二房東回來，我只好先出去買晚餐，再一屁股坐在沙發上，邊看電視邊吃麵。

十點，男友終於來訊了。

隔天是假日，他們晚上會發還手機！

「登愣！新家！」我用視訊掃了家裡一圈，「還不錯吧！不大，但是已經很夠用了！」

『嗯……兩個人住行了啦！』男友在電話那頭皺著眉，『那個學長帥嗎？』

「喂！想什麼！我住一間他住一間！」我鼓起腮幫子，「而且我心中最帥的學長是你啊！」

學長揚起得意的笑容，『這還差不多！喂，就算是二房東，妳合約也要記得看！』

「知道啦！」我嘆口氣，「有合約也沒什麼用是吧？」

前一間有合約啊，我還不是住一個月就逃了。

『那妳要不要試住一下再決定啊？』男友認真的出主意，『萬一又遇到……』

「呸呸呸！你不要烏鴉嘴啦！」我抱怨著，「我這學期已經超不順了，這間房子一定可以完美！」

『好好，一切都會沒事的！』男友認真的笑望著我，『欸，我月底懇親妳會不會來？』

……糟糕，我露出心虛的眼神，實在不知道該怎麼跟他說。

瞬間看出我的神情，他皺起眉，一臉不爽，『又要上班？』

「別人先排了啊……」我很無辜，「我們店裡一次只能一個人請假，我跟她喬了，她說不行。」

『厚！妳換一份工作啦！那工作太機車了！』學長不爽的嚷著，『妳上次懇親也沒來耶！』

上次是我忘記了啊。這句話我不敢講，要是說了他會超生氣，反正後來我決定把事情全記在行事曆裡了，萬無一失。

只是偏偏被同事丁惠如捷足先登，結果她也是要去懇親，這讓我更不敢跟學長說……因為我慢了一星期，誰知道就這樣被人先排走了。

「下次不會了！拜託！」我雙手合十，「我真的真的超想你的可是……」

『最好啦！』學長依舊滿臉不高興，『好啦，我要掛了。』

「欸欸欸，你真生氣囉！我是真的沒辦法排班啊……」我急著解釋，「不然不然……」

『我當然不爽啊，但妳就排不出來我能怎麼辦？我要先打電話回家了，我們聊夠久了。』他語調很平穩，但我知道他依然不高興。

只是這件事誰都無可奈何，他也不能怎樣。

「好吧，我下次懇親一定去！」我在鏡頭前掛保證了，「愛你喔！」

他終於劃上微笑，『愛妳。』

他可愛的左顧右盼，然後吻上自己的手，再貼上螢幕……哎唷，學長就是害羞，嘿……不過龜笑鱉無尾，要是有外人在，我也做不出那種嘟嘴的撒嬌動作，不過現在沒別人，我就可以對著螢幕啾他一下。

兩人依依不捨的掛上電話……唉，沒男友在身邊的日子好寂寞喔！

黃文誠是我學長，今年畢業後決定不升學，便直接去打國軍 online，我們之間一下子就成了遠距離戀愛，偏偏裡頭又不是隨時能傳 LINE 或是打電話的地方；智慧型手機一般只有放假才會歸還，平常不是靠智障型手機就是公共電話了。

之前在學校時，總是時時刻刻都在一起，我們前年底開始交往的，感情還算穩定，交往一年半他就去當兵，說不寂寞是騙人的，只是幸好我這個人社交圈廣，人又閒不下來，加上有打工，倒不至於生活無重心，只是……哎唷，男朋友跟朋友還是不一樣嘛。

十點半，我抓了衣服決定先去洗澡，天曉得二房東什麼時候才會回來，我不想流著一身汗等他到天荒地老。

搬家的第一天還算順利，我吹好頭後開始昏昏欲睡，心裡懸著剩下的事就是還沒跟二房東見面、契約還沒簽……沒簽我就會忐忑不安，真怕明天一早起床，二房東跑來就把我趕出去……

「嘻……」

咚！我頭使勁往下點，讓我猛然驚醒。

外面有聲音。

我躡手躡腳的下床，豎起耳朵仔細聽……外面真的有聲音。

「嘻嘻……幹嘛這樣！你房間是哪個……」

是女生！

我人都貼上門板了，後面卻沒有聽見聲響，該不會就這樣進去了吧……等等，他是不是忘記我今天搬進來了！

我不管他是不是帶女朋友回來，焦急的猛然拉開門！

「對不起！我是今天剛搬來的吳姚萱！」我禮貌的一鞠躬，「我想先談房間的事！」

前方一陣靜默，我不安的抬起頭，看見貼著牆的女孩子上衣幾乎都要脫掉了，嬌媚蹙眉，而摟著她、貼在她身體上的男人平靜的往我這兒看來，他一隻手正握著那女生的胸部！

那張臉我有印象，神秘沉靜的氣質，眼尾上挑的鳳眼——那個滷味攤的男生！

「妳先進去吧。」他鬆開手，推了那女孩。「我處理一下。」

「那誰？」拉整衣服的女生問著。

「新房客……好了，進去吧！」他堆起看起來很虛假的微笑，在女孩唇上一啾，一邊打開房門推女孩進房。

關上房門一轉身，他的笑容已經消失。
「你！就你——你跟我說不知道！什麼叫不知道！」我跳了起來，「我後來多繞了兩圈，你知道我東西有多重嗎？」
他根本不理我，逕自撫著後頸，閒散的走到餐桌邊找東西。
「喂！」我繞到他前面，「你故意的嗎？你明明看過地址耶！」
「嗯啊。」他回得可真直接，「借過一下好嗎？」
我氣急敗壞的瞪著他，他根本沒在鳥我，左手直接就把往我旁邊一推，害得我踉踉蹌蹌！
結果我還真的擋到了架子，他從一旁四層小收納抽屜裡拿出一張折疊好的紙。
「喏！」他把紙攤平，擱壓在桌上，「快點簽一簽，我還有急事。」
急事？嘖，我瞥了一眼房間，是啊，慾火焚身很急的咧！
我拉開椅子坐下來，拿過那只合約……哇！我看得眼花撩亂，那上面是新細明體，字體九號，密密麻麻足足兩張A4紙的東西！
「這什麼鬼啊！我不是只是租間房間嗎？」
「醜話說在前頭總是好的。」他也拉開椅子，「總之我這個人很要求整潔，上面都是分配家務的事，我們什麼都做，一人輪一星期，很公平。」

我瞪大眼看著合約上的條款，浴室排水孔不得有頭髮、每天要掃兩次地，每週吸地一次、桌椅每兩天要擦拭，不許在客廳用餐，飲料不得留水印……

咦？我下意識回頭看向客廳茶几，我剛剛做了。

Adam 立刻留意到我的反應，倏地起身……唉呀，我是蠢了嗎？我幹嘛回頭！

「不是，我不知道……」我急忙的想阻止，但是他已經走到茶几邊，蹲下身，用彷彿名偵探的姿勢撿查那張桌子。

緊接著，是誇張到離譜的嘆氣，「唉——」

「我就吃了碗麵。」我皺眉，怎麼一副世界末日似的。

「擦乾淨，有水痕也有味道，而且地板也滴到了。」他指著茶几，說完立刻往廚房去，「妳過來！」

唔……這口吻還真、真是讓我以為我跟我男友一樣，都在軍中咧！

我還是走了過去，只見他指著垃圾桶裡我剛丟的垃圾，一臉屎樣，「廚餘、回收，麻煩做好，外食的東西要沖乾淨才能丟棄，妳這樣袋子裡都有廚餘也會有味道。」他再打開垃圾桶，「紙碗是回收，妳全部丟垃圾桶是怎樣？」

「啊就——」

「分類我都貼在冰箱上了，記不起來就每次看。」他根本不讓我說話，直接掠過我又往外頭走，「快點簽一簽吧，我要進去了。」

「我又還沒看完……」

「妳要不要住？」他回身直接扔來一句，「要住跟不住選一個，我不會改合約，要不要住隨妳。」

我皺起眉，「你這也太鴨霸了吧，萬一你上面寫了什麼莫名其妙的——」

「一學期三萬，水免錢、電有獨立電表、公共區域依坪數分，重點就是這樣，我以為妳早知道才要。」他口吻開始不耐煩了。

「我當然知道，問題是……先生，你講的只有幾個字，這上面是幾千個字吧？」我指著合約嚷嚷。

「剩下的就都是生活公約了，這裡我做主，所以我的公約就是那樣，要不要隨妳。」他從容丟出筆跟印泥，「快點！不喜歡就立刻搬出去。」

什麼鬼啊！我也不爽的用力拉開椅子，抽過他手上的紙，無論如何合約都一定要先看清楚……哇靠，真的是細到不行的生活公約，這個男的不是乾淨整齊吧？他根本是潔癖！

連水印都不能有，杯子一定要放杯墊……不能有掉頭髮……我飛快地先查看租金、年限的部分，的確跟麻吉說的並無二致。

旁邊的傢伙一直用指節敲桌面，不知道在催什麼鬼的。

「好啦好啦！你很吵耶！」我真想動手把那隻手壓住。

「快點。」他當然急啊，房間還有人在等他。

翻到下一頁，總算瞧見了他的名字。

「李念宸……」我還不知道這樣寫，因為大家都叫他Adam。

我內心其實有火山要爆發，但是我現在沒有選擇的餘地啊……人在屋簷下，不得不低頭這句話的真諦，我總算是明白了！嗚！

拿起筆簽下了我的名字，蓋上章，一式兩份，合約就算完成。

「好！」他拿著合約直接往房裡走去，「這星期由妳先做打掃，明天早上開始，該做什麼我也貼在冰箱上了。」

「那我……」我還想說什麼，這傢伙進房間甩門關上。

是在猴急什麼啊，你們有一整個晚上好嗎！

我雙手緊緊握拳，冷靜！吳姚萱，妳想想，潔癖男總比開趴拉K好、比有人在妳床上做愛好啊！

我走到冰箱前，看見上面貼了一張Ａ４紙張，腦袋一片空白，理智幾乎斷了線。

「喂！姓李的！我不要簽了，我後悔了！喂——」

神經質、潔癖、強迫症，這些詞完全可以用在我的二房東身上，李念宸，這個龜毛挑剔的死變態。

我當然知道這樣罵人不好，但是如果你們任何一個人站在我的位置，絕對可以理解拳頭硬硬的感覺。

我在學校附近的披薩店打工，每天回來累得跟狗一樣，結果還要做所謂清潔工作……開什麼玩笑啊，我以前一個人住的時候，一學期沒掃都是正常的好嗎？

現在咧？扣掉我房間外，公共區域都要變成所謂的「一塵不染」！

「天哪……我會死……我真的會死掉。」星期天最後一次打掃，為了慶祝我還活著，我下樓買冰。

潔癖男連桌子的隙縫都不能有灰塵，地板上、沙發上……不，任何地方都不能有一根頭髮！我們兩個頭髮長度差不多，都在耳上，我是長了一點點，但髮色不同，一看就知道是誰掉的！

怪了，他怎麼就不會掉頭髮？為什麼每次吸地看見的都是自己的？難不成他邊走還邊回頭撿自己的頭髮？

我跟全世界的人都抱怨了，但還是捱過了第三週，雖然那傢伙動不動就敲門叫我出來重掃重擦，害得我現在有叩門恐懼症，但還是勉強達標了。

誰叫我需要地方住啊啊啊。

踏著輕快的步伐，想到下星期就不是我負責就覺得身心舒暢，我這輩子想都沒想過，打掃環境變成我壓力的最大來源。

穿過小巷，一走出來時我就覺得有點不對勁，因為有個熟悉的身影站在我們家樓下。

「喂。」穿著無袖雪紡紗加熱褲的女生一看到我就走了過來。

「嗨。」她是我第一天搬來，那個衣服很早就脫掉的女生！「妳要上去嗎？」

只見她深吸一口氣，笑得很勉強，「我是很想，但Adam不准。」

哇，這麼有原則？「是喔，還是我帶妳上去？妳跟學長沒約好喔？」

「沒有，他不接我電話。」女孩顯得有點焦躁，「我問妳，妳跟他住在一起……」

「欸欸，我不是跟他住在一起，妳這樣說人家會誤會。」我連忙澄清，我有男朋友好嗎？「我們分租同一層樓而已！」

「厚！拜託！」她明顯得上下打量我，「誰都看得出來好嗎？」

喂喂喂，妳白眼翻得有點嚴重喔，我是MAN又不正，但也沒必要這樣看人吧？

「所以咧？妳想吵架嗎？」我口氣也不好了，吵架打架這個我在行。

「誰有空啊！我是要問妳，他最近有沒有帶別的女生回家？」她一秒露出委屈的神情。

呃……問我這個會不會太奇怪了啊？

「我都在自己房間耶，我沒留意過他帶誰回來。」我認真回想，等等，這幾天都有聽見女生的聲音啊，難道不是她？

「妳都不出來的喔？就沒瞄過嗎？」她一臉不信的樣子。

「我盡量不出來好嗎？妳不知道那個潔癖男嗎？我出來使用東西就增加清掃的工作量，我才不要！」我真的是一臉惶恐，「而且就算我出來，又不一定碰到他！我跟他不熟啦，上次是第一次見面，我才剛搬進去耶！」

女孩不太信任的看著我，看得出來有些焦躁，她雙手抱胸的走來走去，真不懂那潔癖男到底有什麼吸引人的？

「所以最近他沒帶女生回去？」她居然開始哽咽，「那為什麼不回我訊息也不回我電話……」

唉唉唉，別哭啊，我對女生哭有點沒轍耶！我看她緊抿著唇在落淚，真心為這樣的正妹感到不值。

「那個……我請問一下，妳上次來我們家是什麼時候？」我婉轉詢問著。

「他總不是突然間就不接妳電話吧？」

女孩梨花帶淚的看著我，「一個星期了！」

有！他有帶別的女生回家！我腦海傳出吶喊，因為前天我在洗手槽裡看見兩個杯子，其中一個還有口紅印！昨天晚上我在房間也聽見了有女生在廚房問啤酒在哪裡！

「所以不是妳啊……」真糟糕，除非有很明顯的差異，不然在我耳裡每個女生聽起來都差不多。

咦？那正妹吃驚的看著我，我才驚覺失言，這不是等於告訴她潔癖男有帶女生回家了嗎？只見她淚水撲簌簌掉，下一秒就跟演電視劇一樣，從我身邊跑離了。

搞屁啊！我無奈的嘆氣，抬起頭看著樓上，這簡直是造……李念宸竟然就站在陽台邊，然後幽幽回身，走進了屋子裡。

造孽啊！他什麼時候站在陽台邊的，看這麼久是不會出個聲，或是直接下來跟人家說清楚喔！

「李念宸！」對不起，我實在沒辦法開口叫他學長。

我一進門就扯開嗓子吼著，怎麼我上樓時他又人間蒸發，躲到房間裡去了！

大爺他這才勉為其難的開門，緩緩步出，一副懶洋洋的姿態，「幹嘛？」

「幹嘛？欸，你剛在樓上看了多久？」

「妳還沒回來前就看到現在啦！」他若無其事的往廚房走去。

「我還沒……所以我出門後你就回來囉？不對！重點不是這個！」我跟著往廚房去，「你知道她來喔？」

「她在樓下喊我的名字，很吵。」他說得自然，打開冰箱拿了冰水。

「那幹嘛不說清楚？我還被她攔下！」這傢伙怎可以這麼從容啊，「分手還是在一起都要講啊，而且你劈腿耶！」

他突然轉過來，那一秒的眼神有點殺氣。「我沒有劈腿。」

「沒……沒有才怪！」我嘖了一聲，沒給面子，「前天跟昨天的女孩，都是別人啊，她說你一星期沒跟她聯繫了——啊！你房間有人嗎？」

我忘記先問他有沒有客人了！

「我今天沒帶人，而且前天跟大前天基本上也是不同人。」他抽過兩個杯子，逕自倒著冰水，無視於我快脫臼的下巴。

昨天跟前天的女生都不同？哇，劈成這樣，船都不會沉的喔？

「你太扯了吧？你是腳踏幾條船啊？」我忍不住仔細觀察這男人，到底是有哪裡吸引人的啊？

長得是高，但現在身高一百八十公分的男生也不算罕見吧？我男友有一百七十八喔，他體格也沒我男友壯，看起來纖瘦得很，說不定我一拳還能打倒他；至於長相，好吧，算得上眉清目秀，稱不上美男子，但的確有股神秘的氣質。

而且他還有雙鳳眼，眼神看上去便格外……引人注意。

不過沒我男人帥啦，科科。

「一條都沒踏啊，她們都不是我女朋友，這樣哪算劈腿？」他的答案讓我下巴真的要脫臼了，不是女朋友？

那天你手掌包著人家胸部耶先生！

「妳一副下巴脫臼的樣子幹嘛？」他關上冰箱，不解的蹙眉，「我沒跟任何人交往，大家就是炮友啊，我對她沒興趣了，所以自然停止聯絡。」

「哇、塞！」真的太不可思議了，「你不是潔癖男嗎？怎麼沒反映在情感上呢？」

「我很專情啊，但是只想對我女友，很遺憾我沒有。」他說得理所當然，拿過流理台上的杯子，「另一杯給妳的，雖然我覺得妳應該喝點青草茶，火氣太大。」

「我火氣——喂！」我一步挪前，擋住他的去向，「我不管你私生活，但是這種狀況我下次遇到該怎麼辦？剛剛很尷尬耶！」

他低首看著我，因為我的確擋住了廚房門口，阻斷他的去路。

他很認真的思考，然後：「辛苦了。」

辛、辛苦你個頭啦！

「你要嘛出面解決，要嘛直接跟對方說你們結束了啊！不喜歡就不要讓人家空抱期待！」我是真的義正詞嚴，「萬一每次她們都守在樓下，然後都我被攔到？」

「沒有開始怎麼會有結束，是她們自己看不開，我不想聯絡就表示沒興趣了啊。」他睨著我，「至於妳嘛，要不要理她們是妳的事……借過。」

我昂起頭，「不要！你給個說法，我以後照著說。」

李念宸突然挑眉，那眼神讓我打了個寒顫，奇怪，為什麼這麼令人不安咧？

我雙手都扣著左右門緣，結果潔癖男居然俯身，冷不防的逼近我——哇啊！我整個人不得不下腰，他卻越來越近，眼神……他垂下眼睫了，為什麼好像盯著我的唇！

喂喂喂！我嚇得雙手掩嘴，人依然呈現一個很獨特的下腰，我柔軟度好得很呢！

「哇喔。」他突然移到我耳畔，只差一點點就貼到我的臉了！「柔軟度真好。」

下一秒，他機車的用身體撞開我，害得我整個人摔上旁邊的牆才能穩住重心，差點就滑倒了！

媽呀！他剛剛想幹嘛！這個人也太詭異了，怎麼連我這種類型都要，這也太不挑了吧。

這樣好像說到我男友厚……我就不是正妹啊，哪個女生有這麼精壯的身材是吧，我就是魁梧，二頭肌跟三頭肌超發達的，因為我是網球校隊的啊，沒事健身慢跑，完全就是個女漢子。

男友說過其實我長得很秀麗，打扮起來一定是正妹，厚，那都是哄我的，我自己知道認真留長髮再打扮的話，根本就是偽娘吧哈哈哈！

黃文誠會喜歡我也是我努力得來的，大一的家聚那天，我對他可以說是一見鍾情，我就是喜歡那種活潑的個性，又很照顧人，之後我想盡辦法的接近他、借筆記啦、問問題啦，出去玩，就這樣近水樓台先得月！

喜歡的就要自己去爭取啊，我也曾想過要不要為黃文誠改變自己，但那對我來說太痛苦了，幸好他也說就是喜歡我這不矯飾的模樣，大而化之的做自己就好！

聽見關門聲，我不禁搖頭，我真是擁有全世界最好的男朋友，看看這潔癖男……從頭到尾都潔癖，偏偏感情上真是來者不拒……不！他不是來者不拒，感覺他還挺挑的。

應該說他「精力過剩」吧，炮友……唉，真難想像，我自己是做不到沒有感情基礎就滾床啦！

剛剛樓下那個女生……感覺是真喜歡他的？結果他卻冷漠的在樓上作壁上觀，還不給人家一個交代，真是一點都不體貼……

回身要關廚房燈，卻差點忘了流理台上的冰水，我狐疑的上前拿起杯子，這是他倒給我的耶……說他不體貼，又莫名其妙倒水給我幹嘛？

我拿著冰水走出廚房，順道拎過我擱在桌上的冰，愉快地進房吃冰。

我提回房間吃，我愛多亂就多亂，你管得著你！

「北鼻，你今天好嗎？我好想你耶！」我用LINE語音訊息，這樣比打字快，「我現在在吃冰喔，因為我終於解脫啦，下星期開始就不是我負責環境清潔了。」

看著視窗裡的訊息，最近他要演練所以很忙，兩天能回我一次就要偷笑了。

「我跟你說喔，我今天在樓下遇到……」我說到這兒，自個兒卡住了，「沒事。」

這樣說別人的事好像不太好，而且如果讓黃文誠知道潔癖男關係複雜，他說不定會叫我搬家。

咿……隔壁門開了，我豎耳傾聽，我現在被他害得超神經質的，都覺得他好像在外面繞一圈後，就會過來敲我的門——叩叩。

幹！可惡！

「幹嘛啦！」我坐在地上，跟前擺了張折疊桌，正在吃冰享受耶！

「水痕！」門外的人不留情的直接喊了，「妳剛把冰放在餐桌上，有水痕印了。」

「明天再擦行不行啊！放著又不會有人偷擦！」我在討價還價，我根本不想再出去，煩耶！

「吳姚萱！妳快點！」外頭不客氣的連續叩門，「餐桌根本淹水了好嗎？」

「最好啦！」我氣得站起身，為什麼我就沒辦法跟潔癖男耗到底呢？因為，如果我不理他，他可以在外面敲十分鐘以上，我試過啦！有病耶！真的！

我猛然拉開門，百分之百的怒氣沖沖。

「放著不會有人偷擦，你無緣無故出來檢查做什麼？你找我麻煩啊你！」我不客氣的直接連珠炮的罵了。

結果他沒回應，而是瞠大那雙鳳眼，越過我，往我身後看去……我身後……連我都倒抽一口氣。

對，他沒看過我房間。

廢話，無緣無故我怎麼會讓他看見我房間？我是為了他好，我怕潔癖男神經太纖細，看見我房間後理智會斷線。

他呆站在門口，我連忙想推他出去，我這人心地可是很善良的，擔心他看到我這瞧不見地板的房間會受傷。

「這是什麼……」他沒讓我推動，反而還上前一步，用一種極度不可思議的眼神盯著我房裡看。「這是要怎麼生活？」

「有這麼誇張嗎？」我隻手扠腰的回首。

地上雜物甚多，基本上已看不見很煩人的白色磁磚，桌子、櫃子，能放東西的地方都堆得跟小山一樣，跟「井然有序」確實完全扯不上關係，有些像是槍戰現場。

「妳……妳這要拿件東西，要怎麼找？」他直接卡在我門邊，目不轉睛的盯著地面。

「你隨便說，我可以找給你看。」我真不知道自己在自豪什麼。

「呃……這東西多到我根本也不知道該從哪裡說起。」他竟然很認真的在思考，「妳有行動電源、不，這個可能在包包裡，自拍器？」

我不慌不忙的回頭，從櫃子上面一整疊書的後面角落隙縫中，抽出了自拍棒。

他震驚得倒抽一口氣，胡亂的舉出一堆東西，這根本都小CASE，閉著眼睛我都能找到。

「別鬧啦，整理成你那樣，我才會找不到東西！」我認真的回著。

「這還能說？亂成這樣妳怎麼能忍受？」李念宸誇張的抱著頭，彷彿他瞧見了什麼可怕的景象，「我要是住在這種環境，我根本連三秒都過不下去。」

「所以這是我房間啊！」我邊說一邊推著他出去，「走走，等等你心靈受創又得要我付醫藥費。」

李念宸一副暈眩模樣，還很認真的擰起眉心，「我覺得我已經受到傷害了。」

「切。」誇不誇張？幸好我房間不屬於潔癖男管轄範圍！這是一種反射狀態，外面他要求的越整齊，我的房間就會搞得更亂。

補償心理嘛！我拿過抹布隨手把餐桌上的水痕抹掉，真是煩，這麼點小事都要計較。

「妳就不擔心明天妳男友來找妳，看到這模樣……」他撫著胸，「心臟病發？」

「他早就知道啦！」我聳了聳肩，「他喜歡我就能接受我的全部，我粗魯、邋遢，男孩子性。」

李念宸眼睛瞪得比銅鈴大，「妳還真的有男朋友？」

「喂，你這什麼態度啊？」有夠沒禮貌的，「我不但有男友，我們還交往一年半了！」

「哪位大俠？改天一定要引薦我認識認識。」李念宸說得煞有其事，我聽了很想揍人。

住在同一層，不對盤真的太痛苦了。

「我不過就是亂了點又怎樣，誰像你這麼神經質，你怎麼知道那些正妹，私底下也是那個樣子？」我兩手一攤，「再怎麼亂，我那也叫亂中有序。」

至少要什麼能拿什麼是吧？有心理學家說，越亂的人越有創意呢。

「還真敢講。」李念宸冷哼一聲，走到餐桌邊去檢查，「欸，妳真的有男友？」

「有，真的，我們是真正的男女朋友，不是你那種……」炮友，我說不出口，「反正認真交往，有情感基礎的。」

「呵……」冷不防的，李念宸突然一陣冷笑，那笑意藏著不屑，讓我聽了不太爽快。

「笑屁喔？」我討厭他眉宇之間透出的不屑。

「對不起，我只是對情感基礎這幾個字覺得有點……莞爾而已。」他冷笑不止，「我好像沒看過他來找妳，妳感覺每天也在工作？這種情人關係有點奇怪？」

嘖嘖，看不出來這個早出晚歸外加偶爾不歸的傢伙，居然也知道我的作息？

「他去當兵啦！怎麼來找我？」我沒好氣的皺起眉，「喂，你自己喜歡玩就算了，不要看衰別人的感情好嗎？」

「當兵啊……這是最不穩定的時候了。」他搖搖頭，「我只是覺得大家都還年輕，凡事不必太認真。」

「我、很、認、真。」我是真的不爽了，「不是每個人都跟你糜爛的感情觀一樣好嗎？你喜歡輕鬆玩樂，我喜歡認真經營，沒有對錯，但你那個口吻就很機車。」

「嗯哼。」他一臉不在乎的模樣，「當兵最怕兵變了。」

「我才不會。」我可斬釘截鐵了，我是真的很專情的，下次懇親一定要去，不然文誠會擔心的呢。

欸，不過話說回來，我實在也不需要他擔心的吧？哈哈，誰會喜歡我這種男人婆！

「是嗎？」李念宸突然間看著我。

不是說他之前說話都不看人，只是他突然斂起笑容，用一種異常認真的神情看過來，雙眼眨也不眨的凝視著我……對，那叫凝視，是一種讓人渾身不對勁的視線。

「喂……幹嘛你！」我覺得起雞皮疙瘩了，幹嘛那樣看人？

李念宸突然嘴角挑了一抹笑，我二度打了個寒顫！

回房間！氣氛不對！我別開眼神，急忙的要從廚房裡步出往房間衝，結果那傢伙居然數步上前，硬生生擋住了我的去向。

「李念宸！」我不客氣的喊著，但是下意識不敢抬頭看他了。

這是什麼爛玩笑啊！

「兵變為什麼很容易妳知道嗎？因為一個人。」李念宸挺起胸膛擋下我，剛剛我還能推得順手，現在卻完全不敢靠近。

我到底是怎麼了！想不到原來我真的是個女人，有著少女心啊！

「夠了喔！」我真的完全不敢看他，「你現在是玩什麼？壁咚喔？」

「也不錯啊！」餘音未落，他居然真的伸手貼牆，把我困在他的身體與手臂間。

哇靠，活生生的壁咚啊！如此真實上演，但為什麼要發生在我身上？我寧願是黃文誠對我壁咚，也不要是這個、這個神經質潔癖龜毛男！

緊抿著唇，我全身緊繃著貼著牆別過頭，我覺得現在我只要動手就有危險，推開他說不定會被他反握住手，用身體撞開萬一反被抱住怎麼辦？

等一下！我是在遐想什麼？為什麼我會覺得潔癖男會想握我的手？會抱住我？天哪，我腦海中甚至出現了真實的畫面，自己卻覺得心跳加快，臉都開始發燙！

吳姚萱！妳醒醒啊！

「一個人很孤單，很寂寞，感情是會隨時間變淡的，這時身邊如果有個還不錯的對象，有些浪漫氛圍……」李念宸聲音越來越近，他居然往我耳邊貼來，「再大膽一點……多一點動心……」

「不要鬧。」我皺眉，他說話的氣吹到我耳朵上了，好癢。

「獻殷勤、時時關心，甚至用不到我這幾招，心很容易就會淪陷……」他根本沒在聽，整個人往前傾，都快壓到我身上了，「沖淡的一方，與剛點燃愛火的一方，放在天平上，妳覺得孰輕孰重？」

吳姚萱，振作！我緊閉起雙眼，受不了他在我耳邊吹氣，緊握著飽拳，倏地抬頭，迎視著那雙鳳眼。

「如果是認真的，就不會有距離沖淡情感的事情。」我其實很緊張，因為抬頭的我，才發現潔癖男離我有多近。

近到我只要踮起腳尖，就可以吻上他的唇。

「是嗎？」他揚起了笑容，我不得不承認他笑起來有一點點迷人。「妳有這個覺悟正好。」

什麼？我愣住，他驀地離開我身前，輕快地哼著歌兒走到冰箱在拿東西。

「喂，你這什麼意思？」這比剛剛他鬧我還不愉快了。

開著冰箱的李念宸向右看向我，勾了一個饒富興味的笑容，「妳很久沒跟他講電話了不是嗎？」

咦咦！我整個人都呆住了，「你是怎……為什麼你知道？」

「小姐，妳嗓門這麼大，妳搬來前我都不知道我家隔音這麼差？」李念宸又倒了杯牛奶，「妳應該都沒聽見我房裡……」

「沒有啦！」我真覺得耳根子發燙，「那你剛剛還問我男友的事！明知故問嘛你！」

「總是得確認一下啊，之前聽妳視訊過，聽起來至少還是有問有答。」李念宸俐落的把牛奶罐扔回冰箱側門，「最近倒是聽見妳跟朋友聊天比較多，其他時間都是妳單方面留言。」

因為留言是單向的。

我坐在地上，拿著手機錄音留言，就像對著空氣說話一樣，連回音都沒有。

我不是傻子，我也會不安，但是因為我愛黃文誠，所以我選擇信任！男女朋友之間，最重要的不就是信任嗎？

而且他在當兵耶，萬一他是……是出櫃的話，那我當然也只能認了啊！

「他很忙，當兵又不是隨時可以用手機，我想到事情就留言啊，他……他也會回我。」後面這句我說得心虛。他會回我，只是多半都只有一兩段而已。

最近好像抱怨少了許多，我想他是習慣了軍中生活，或是怕被抓到吧。

「嗯哼，妳喜歡怎麼想我不攔妳。」李念宸端起牛奶悠哉的掠過我，「不過以一個男人的角度來說，不會無緣無故冷落女朋友的。」

我雙手緊握飽拳，這個潔癖男每一句都惹人生氣。

「你少在那挑撥我跟我男朋友的感情！」我怒氣沖沖的跟著他後面走，「當兵這件事我都做好準備的，就撐個兩年，遠距離戀愛只要持續經營，就不會有問題！」

「感情沒有妳想像的那麼堅不可摧！」李念宸依然沒在聽我說話，進房前還回眸一笑，「兵變可不只限於女生喔！」

什麼？看他進房的背影，我腦子裡一團亂，直接衝回房裡，使勁的甩門以表達我充分的不滿！

什麼叫做兵變可不限於女生喔？他在那邊能兵什麼變啊，天哪……難道他真的出櫃嗎？

煩死了！為什麼偏偏要說我最在意的事！而且奇怪了，我們兩個平常都沒什麼交集，是怎樣？好不容易一個月有一天說上比較多話，他就可以攪得我心神不寧！

先玩什麼壁咚就算了，還故意……我潛意識摸向自己右頸，他的氣息好像還殘留在我頸子上似的，啊啊啊！我死命的搓著頸子，好討厭啊，為什麼腦子裡記得這麼清楚！

還有觸感……我看著自己右手，他看起來清瘦，但是我推他離開房門時，清楚的感受到他的胸肌，那不是胸部而已，他是有肌肉的，精實得很，連手臂上都是肌肉，只是外表看不出來罷了。

然後是他的眼神，雖是朝上的鳳眼但並不是小眼睛，凝視著人時會讓人有心跳漏拍的感覺，他真的有一股獨特的神秘感，我突然明白為什麼他行情會這麼好了。

若再加上口才好……廢話，他口才一定不差，瞧他怎麼對我說話的，只是對正妹是甜言蜜語，對我就是找碴的差別罷了。

他的唇很漂亮，淡淡的粉色，剛剛就在我……停！停停停！我倒抽一口氣，為什麼我滿腦子都在想潔癖男剛剛那些惡搞的舉動！

我剛剛本來在想什麼？對，我在想他說的話……幹，又更令人生氣了！沒認識多久、才聊幾句，他卻說中了我的不安！

從棉被下抓出手機，我需要強心劑，現在馬上立刻！

黃文誠，拜託你接手機，請給我回應，我不想再對空氣說話了，你究竟在忙什麼現在軍中有這麼嚴格嗎？而且假日你都不回來，這讓我好不安啊！

響聲在數秒後進入語音信箱，又是一個沒接的狀況，滑著手機看著我上面的錄音，未讀。

「黃文誠，我好想你……你在忙什麼呢？看到留言可以打給我嗎？」我悶悶的說著，都是潔癖男說我聲音太大，「你最近都不回我，真的讓我很不安！」

自己根本騙不了自己，今天是第十天。

我們視訊是十天前，而且那天只講了五分鐘而已，他就因為有事匆匆掛掉了；這十天以來，幾乎都是我傳訊息跟語音，他總共只回了不到五封。

文字就是：我很忙，要加油；語音訊息說得比較多，但也只是回覆我留的訊息，然後說他很累了，改天再說。

事情是從什麼時候起了微妙的變化？我不知道……我沒辦法感受太細微的事，但是後面這麼長時間的淡漠我就清楚了。

但我不想輕易這樣去懷疑男友，他在當兵也很辛苦，戀人之間信任是最基本的不是嗎？

為什麼要擾亂我啦！

我氣得爬上床，硬是在牆壁上重搥了好幾下：「李念宸！我討厭你！你煩死了——」

兵變，可不是只有指女生喔。

閉嘴閉嘴閉嘴！

03

「總共是六九九元，收您一千，找您五百零一元！」我說得自然，按著收銀機按鈕，完全看不到石英數字顯示的「301」，說得很開心。

「呃……」同學蹙眉，「是找三百零一吧？」

「啊？」我手掌上已經放了一張五百一枚一塊，錯愕的看著他。

剛拿披薩出來的丁惠如立刻上前，把我拉開，「抱歉喔，找錯錢了嗎？」學生跟丁惠如解釋著，她從我手上接過，重新找正確的數字給客人。

「那我們等等再過來拿。」學生說說笑笑的走出去，披薩現做也是要些時間。

丁惠如終於轉過來，用無奈的眼神看著我，「吳姚萱，妳很嚴重喔！」

「唉……」我只有長嘆。

兩天前潔癖男的一席話，把我推進懷疑的泥沼裡，我萬萬沒想到簡單一句話，竟能讓我茶飯不思、上課無法專心，連工作都連帶著頻出狀況。

加上黃文誠還真的沒理我，他就回了一句妳不要多想，我只是忙。就沒了！沒了？

先生，你這樣我怎麼不多想？我怎麼想，都覺得他應該是在氣我上次沒去懇親的事了。

「妳是怎樣？昨天做錯口味，放兩倍鹽，今天外場還找錯錢！」丁惠如壓低了聲音，「披薩做錯我們自己吃就算了，錢的事不能馬虎耶！」

「對不起啦，我知道我會振作的。」我認真的跟同事道歉，因為我的失常只是在扯大家後腿而已！

「怎麼了啦？」丁惠如憂心的問，「妳這樣大家都很擔心耶，太反常了！」

「惠如！」內場有人呼喚，披薩單這麼多，她實在沒空陪我。

「好，就來！」丁惠如拍拍我，「等等聊！」

我頷首道謝，我也知道我反常啊！但這就是克制不了的事情嘛！

我也想專心上課，我想認真上班，我想要跟平常一樣活力十足的揚著笑容，中氣十足的喊聲歡迎光臨……但是這些現在做起來都變得很困難。

我心裡梗著這件事，做任何事都提不起勁，而且無時無刻都在想各種可能、懷疑東懷疑西，連飯都吃不下去！

好討厭的感覺，再下去連呼吸都會感到困難了。

「同學？哈囉！同學！」櫃檯傳來呼喚聲，「吳姚萱同學！妳醒了沒啊！」

喝！我猛然抬頭，看見的是麻吉。

「我們進來很久了耶，妳都沒聽見喔？」徐玉娟搖了搖頭，看向隔壁的許幀杰，「你看，我說真的很嚴重。」

「厚！」見著是熟人我反而鬆了一口氣，被客訴就麻煩了，「你們幹嘛？」

「幹嘛？來消費啊，客人耶！」

徐玉娟邊說邊趴在櫃檯上，看著當日活動；她就是我在班上的好姊妹，是同組的，大一至今許多小組班都同班，所以感情本來就比較好，住到這裡也是她介紹的，嗚，她介紹的……

「來兩個小披薩吧！」徐玉娟又轉向許幀杰，「你這樣吃夠不夠啊？」

「夠了啦，等等再去買飲料就飽了。」許幀杰認真點頭，「那我要牛肉的！」

「好，一份牛肉起司，妳要鳳梨蝦球嗎？」我挑了眉問。

「哎唷，厲害喔！」徐玉娟笑了起來，立馬掏錢。

開什麼玩笑，好歹同班兩年了，交男友前天天在一起，交男友後還是天天在一起，他們兩個肚子裡有多少蛔蟲我會不知道？

送單出去，難得空閒，有朋友相伴感覺比較沒時間胡思亂想。

「妳是跟學長聯絡了沒？」

「照理說他們營區晚上十點可以打公共電話回來的，但他都只是匆匆跟我說兩句而已，我問他是不是不高興我沒去懇親，他又說不是！」我是真的想到頭疼了，「下次懇親的日子也一直沒跟我說，我要是不能早排假的話就麻煩了！」

「你們有吵架嗎？」許幀杰好奇的問，「一般來說不會這樣，難得有機會講電話，不是都會女友為先？」

「對嘛對嘛！」我連忙應和，「但我們就沒吵架，唯一能想到的就懇親。」

「兩個月才一次，妳又不去，這樣得四個月……」徐玉娟挑了挑眉，「是我也不太爽。」

「哎唷！所以我才急著想知道下次的時間！」我回頭瞥了眼廚房，往前低語，「我同事的男友也在當兵，所以會搶假！」

徐玉娟愣愣的眨眼，「同一天啊？」

「上次就同一天啊！一定是排假日的，要撞期不難。」許幀杰在旁解釋著，「妳快叫學長給妳日期，你們店裡一次只能休一個人，很麻煩。」

「他就一直沒回我。」我頭都痛了。

「要不我去幫妳打聽好了，學長哪個營區的，男生這邊應該有人能打聽得到！」許幀杰邊說邊拿起手機，「過兩天跟妳說。」

「噢！好兄弟！不愧是好兄弟！」我感激涕零的看著他，拳頭都伸出去了。

他呵呵乾笑，應付似的在我拳上搥了一下，「還兄弟咧！瞧妳的口吻跟姿勢，真的跟男生一樣！」

「我就女漢子啊！」我習以為常了，「反正女漢子也能有春天！」

「還說喔，學長到底是怎樣被妳追到的？我們當初還開賭盤，想說你們撐不到半年……」徐玉娟說得自然，身邊的許幀杰用手肘撞了她一下。

來不及了，我全聽見了。

「什麼意思？」我雙手抱胸，「開什麼賭盤？跟誰開？」

許幀杰倒抽一口氣，立刻轉身要走，我立時趴上櫃檯，往前滑去，一手逮住他後衣領，往哪兒走！

「徐玉娟！」許幀杰朝右邊求救，抿唇噤聲，還拚命指向他。「妳很沒義氣耶！」

「明明就是你先說的啊！」徐玉娟繼續出賣。

我揪著許幀杰的後衣領往櫃檯貼著，側臉湊近他，「居然咒我跟學長？」

「啊你們還不是都走到現在了？我輸慘了好嗎？」

「哼！」我猛然鬆手，「我跟學長很恩愛的好嗎？我只是看起來像女漢子，本質還是女的啊，有什麼好意外的。」

「因為學長感覺喜歡長髮的甜美正妹啊！」徐玉娟回答得倒很順。

「嗄？妳又知道了？」我睨著她，說得跟真的一樣。

徐玉娟似是欲言又止，悄悄瞥了許幀杰一眼，這讓我覺得超詭異！我本來打算逼供，但是又有客人進來，抬槓時間結束，我得專心上班。

內場送出小披薩後，徐玉娟就跟許幀杰先走了，有好友打氣我精神的確好了許多，至少直到下班，都沒再出什麼大錯。

「吳姚萱，妳有沒有要排假啊？」

換衣服時，丁惠如突然問我了。

「咦？妳有要排了喔？」我咬著唇，「可以慢點嗎？我男友還沒跟我說懇親的日期。」

「上次我去了，萬一這次撞期就先讓妳了。」丁惠如也算很講義氣，「但是妳要排要快，要是不排我就不客氣了！」

「好啦好啦！我會盡快跟妳說！」我忍不住開心的跑過去握住她的手，「妳人真好！」

「說什麼啦！撞期真的很麻煩，我還想跟店長商量一下讓我們兩個都請咧！」丁惠如其實也很想去看男友吧，「妳男朋友哪個營區的啊？」

我才想說，特殊鈴聲倏地響起，是黃文誠！「啊！他打來了！我先走囉！」

「啊……」丁惠如連說再見都來不及，我抓了背包就往外衝！

打來了打來了！而且是難得的視訊電話！

我衝出後門，開心的點選螢幕，「嗨！北鼻～」

『嗨！』終於看到螢幕那邊的學長，『剛下班啊？』

「對啊，正巧出來……」我停下腳步，看見學長，有種想哭的衝動，「我好想你喔……」

『好啦好啦，怎麼突然裝可愛！』他笑了笑，『最近太累，有時候晚上就想直接睡覺，所以都沒聯絡……但是妳的留言我都有聽喔！』

「我以為因為上次懇親的事妳不高興，所以……生氣了。」我凝視著他，「你是不是真的生氣了？」

他看著我，笑著搖了搖頭，『沒有，我說過妳不要亂想，只是忙又累……妳呢？最近好嗎？跟那個李學長處得還愉快嗎？』

我又停下腳步，靜默了幾秒，心臟有種被人捏住的感覺。

「就打工、上課……期中考快到了有點念不完。」我邊說，邊左顧右盼，決定待在巷口站著跟他講完。「對了，我要問你，你們下次懇親啊——」

「懇親妳不必來沒關係！不是要期中考了嗎？」黃文誠帶著微笑跟我說，「妳看起來好累，不用再特地花時間來看我，下次懇親再來就好。」

在好遠好遠的地方，我聽見了某種物品碎掉的聲音。

我說不上來那種感覺，但是我聽見了琉璃裂開的聲響，細微的啪嘰一聲，幾乎不會有人注意的聲響。

可是我真的聽到了。

「你……」我覺得我現在的臉一定爆難看，「不希望我去。」

『厚……不是！也算啦，我希望妳以現在的生活為重，打工又要準備考試很累的！』黃文誠微皺起眉，『小萱，我是為了妳好！』

我飛快搖頭，騙人！騙子！「為什麼不想讓我下去？你在那邊……你出什麼事了嗎？還是——」

『吳姚萱！妳不要鬧喔！妳什麼時候變得跟一般女孩子一樣啊？疑神疑鬼！』黃文誠的口吻變了，『我很累了！好不容易能講電話不要煩我！』

「我煩你？喂，我本來就是一般女孩子好嗎？你這麼久沒跟我聯絡，又不讓我去懇親會，我當然會亂想啊！」我分貝開始放大，「我要是不在乎，就表示我不愛你！」

『厚！』他翻了白眼，不耐煩的別過頭，過幾秒才轉回來，『妳以前不是這樣的！妳才不會在意這種小事！』

「小事？黃文誠，我上次排不了假你跟我翻臉，這次卻跟我說不必去！」誰有病啊！

『唉呀，那天我爸媽他們都會來，妳來不方便啦！』黃文誠勉強說著，『加上妳要考試，聖誕節再見面好不好？』

我一怔，「伯父伯母都會去喔……」

『嘿呀。』他一臉無奈，『所以說，不生氣？』

我看著螢幕，發現裂開的聲音依然在持續著。

「不生氣了，對不起。」我噘起嘴，唯有面對學長時我才會有似女孩的嬌嗔，「你幹嘛不一開始說清楚。」

『我想表現得體貼點！妳這次期中考要考好一點喔！』黃文誠用寵溺的口吻說著，聽起來像是我的那個學長。

聽起來。

「好～」我頓了幾秒，再次環顧四周，「北鼻親一個，啾！」

我對著螢幕啾了一下，抱著期待看著他，眼神就是在說：換你囉！

『欸，這邊很多人啦！』他眨了一下眼，『就……先醬子！』

「喂！至少要說你愛我！」我撒嬌著。

『好啦，愛妳愛妳！』他明顯的偷偷往旁邊看，然後趕緊送一個飛吻給我，『回去小心！』

「嗯！你要加油喔！」我笑著跟他揮手說再見。

『加油！』他點點頭，我們切掉了視訊。

我笑容僵在嘴角，它們被凝結了，我無力的讓身體靠上牆，右手手機緩緩放了下來。

他沒有聽我的留言。

我每天不止跟他抱怨一次潔癖男的事情，李學長這個稱呼是剛搬進去後說的，爾後我只要抱怨李念宸，一律都是用「潔癖男」這個稱呼；從李念宸的龜毛、潔癖、到動不動叩門叫我出去擦桌子這些事，我都很期待黃文誠的回應。

因為李念宸真的是個奇葩，若是在以前我只要跟學長說這些，他都會應和我，或是覺得這個人很誇張之類的。

結果他記憶停留在「李學長」，那是幾週前的事了？我實在很怕認真去想一些瑣事，像是週休二日為什麼也沒時間打給我？那是自己的時間不是嗎？

糟糕，我真的越想越不安，那條裂縫似乎越來越大了……

「嘿！吳姚萱！」

冷不防的，左手邊突然傳來熟悉的聲音，我詫異的往左看去；許幀杰就站在我面前，朝我肩上搥來。

「……你怎麼？」被嚇呆的頓了幾秒，「你怎麼到這兒來？」

「身負重任，送妳回家。」許幀杰說得很認真，接著似乎察覺到什麼的盯著我的臉，「怎麼了嗎？」

啊！我倏地別過頭，殊不知這個態度簡直是此地無銀三百兩，努力的調整好情緒，捏著手機的手卻鬆不開。

「妳跟學長聯絡上了喔？」果然，這種小事怎麼瞞得過兄弟？

「嗯。」我低下頭，「終於聯絡上了。」

「欸……」他試探性的看了我一眼，「吵架喔？」

「沒有啊！哪有吵，好不容易才說上話的！」我覺得我笑容一定爆醜的，「就說不上來哪裡怪怪的！」

「喔。」許幀杰簡單喔了聲，倒也沒多說什麼。

我沒騎車，從店裡走回新的地方就半小時，我後來覺得路程不長，走走路也好，當然打工後很累，但是總覺得只有這段時間才是我一個人的。

許幀杰就走在我右邊，沒說什麼，大概感覺得到我這邊氣壓很低。

「幹嘛過來陪我？」我眼尾瞄著他。

「就妳看起來很不好啊，拜託，吳姚萱，妳整個人很出神好嗎？」許幀杰說得實在，「徐玉娟覺得妳走一走會被車撞。」

「我呸呸呸是在烏鴉嘴什麼東西！」我往旁邊一指，「拜託，人行道這麼寬，我需要走快車道嗎？」

「妳連一千減六百九十九都……」許幀杰用絕對質疑的眼神瞅著我。

「喂！」幹嘛糗我！「我實在很難不亂想！」

「剛講完電話了，沒有好一點喔？」許幀杰這句問假的，他早就看出來了。

我什麼話都不必說，搖搖頭，他一定都知道，兄弟不是當假的。

「嗯……」他這個嗯的尾音拖得很長，「妳……妳自己應該也知道哪裡怪怪的吧？」

我腳步變得有些沉重，「我晚上可能要再找他溝通一下吧！」

「學長他啊……」許幀杰突然說了這四個字，卻卡住了。

「他怎樣？」我沒在意的等著下文。

「沒事……沒事啦。」我聽見他抽了口氣，「好好的跟他談談吧！這樣懸著也不是辦法。」

我剛說了，我跟許幀杰是兄弟，兄弟不是當假的，除了他對我的瞭解外，也包括我對他的。

我停下腳步，直接拉住了他。

「有話快說有屁就放。」我已經笑不出來了，「你知道什麼了是不是？」

「沒，沒有沒有！」有，就是有就是有，我都直接從他眼神表情翻譯。

所以我沒吭聲，只是抓著他的手臂更緊。

「唉唷，真的沒有！我就還沒問！」許幀杰皺起眉看著自己的手，「吳姚萱，我手要斷了。」

「廢話這麼多。」

「就只是……男人的直覺啦！」他沒好氣的說歪了嘴，「懇親沒到，誰都會不爽，但是這種狀況我是男生的話會更不安才對，在那邊的生活是高壓緊繃的，女友沒來的話每晚都該奪命連環CALL……除非你們感情不好。」

「我們感情好得很！」我立即接口，「手機又不是常能收到，放假才會發還給他們，然後——」

「好幾週的放假耶！」許幀杰立刻截斷我的話，「我可以理解他沒回來，遠嘛，但打通電話不難吧？營區有公共電話啊，週休二日可以講到電話燒掉吧，除非妳都漏接。」

「我沒有！我連睡覺時都開著！」

「所以……」許幀杰說的是事實。

我鬆開手，邁開沉重腳步，繼續往家的方向走，為什麼跟學長講電話後心情更難受了，我一定要大吃大喝來排解！

「欸！吳姚萱吳姚萱！」許幀杰從後面追上來，「我只是隨便猜，妳不要放進心裡喔！」

「我才不會！我相信學長，拜託，他才去多久！」我昂起頭，「如你說的，那個環境很高壓，好不容易能見我我卻沒去，他不爽是一定的……我們兩個之間，一向是我常惹他生氣啊！」

「妳才沒有，明明是他對妳態度很差！」

許幀杰的話說得太順，順到我覺得他口吻裡有一絲不爽。

我瞪圓眼看著他，學長幾時對我態度很差了？「很差？」

「妳喔，全世界就妳不覺得吧？妳神經比海底電纜還粗，根本感受不到。」許幀杰扯了嘴角，「妳都沒感覺學長很愛生氣？很愛計較？跟妳說話口氣都很差？像命令似的？」

「沒有啊。」我這是實話，「我就很粗心，當然容易被罵啊！」

反正被罵我也沒在理的。

「厚！算了！」許幀杰又翻白眼，「走啦，陪妳去買吃的！」

「唷！知道我要吃宵夜啦！」我開心的直接攬過他脖子，「看在我心情不好的份上，要不要請客啊！」

「請妳……喂，吳姚萱，不要這樣勾啦！」許幀杰半俯著頸子，連忙把我的手給拉開！

這一扯一拉還害得我踉踉蹌蹌，小氣什麼，摟一下會怎樣，我們身高差不多啊！

懶得跟他計較，我跑去買了豆花、蔥油餅跟鹽酥雞，許幀杰也買了份東山鴨頭跟綠茶。

「就說小披薩吃不飽厚？」

「這不是我要吃的，是徐玉娟。」許幀杰說得超無奈，一路陪著我走進45弄那黑暗小巷，「哇，你們這條巷子有點暗耶，居然沒燈？」

「有啊，前後各一盞，夠了！」中間是有點黑，但靠著餘光沒問題，「這裡外面就滷味攤跟熱鬧大街，誰敢造次誰倒楣吧？」

「話不是這樣說，妳好歹是女孩子，這麼晚走這種暗巷厚……」許幀杰的聲音聽起來是真的擔憂。

「哈哈哈哈！」我忍不住狂笑起來，「你承認我是女生了喔！哈哈！」

許幀杰皺起眉，很無奈的看著我，「吳姚萱，我一直都把妳當女生。」

「我說當兄弟這麼久了厚……第一次聽你這樣說還真不習慣！哈哈！」

我笑到一半意識到走出巷子了，這四方天地有回音，別吵到別人比較好。

可是許幀杰突然沒什麼笑容，就只是凝視著我，帶著幾分無奈。

我不習慣被這樣注視，就算是兄弟也一樣，不知道為什麼，許幀杰今天的眼神讓我覺得挺怪的，他是鎖死我不放耶。

「我到了，今晚謝啦！」

「嗯，這個拿給徐玉娟吧！」許幀杰突然把手上的宵夜遞給我。

塑膠袋塞進我左手，搞得我莫名其妙，徐玉娟的宵夜幹嘛拿給……我還沒問咧，黑暗中突然就冒出了曹操！

「哇塞，吳姚萱，妳新家很隱密耶！」徐玉娟驚呼出聲。

「噓——」我趕緊比了噓，她聲音也超大好嗎，「妳來幹嘛？」

「有些話只能跟好姊妹說，我懂！」徐玉娟走來拍拍我，揚了揚右手拎著的啤酒，「我陪妳！」

「我沒有要人陪啊！」這兩個人是怎樣！

「好啦，我明早助教課有考試，不然我也陪妳！」許幀杰一臉怨嘆的模樣，「走了，掰。」

「掰！」徐玉娟在那邊跟人家掰得很開心，「妳住哪間？」

喂喂喂！我簡直瞠目結舌，這女人說來就來啊，潔癖男知道了還得了！

不對，生活公約中也沒說帶同學來要先講啊？他之前動不動就帶妹回來怎麼說？

「你們這樣搞得活像我失戀耶！」我瞅瞪著她。

「噢。」她居然給我挑眉，一副差不多似的樣子。

「你們是在烏鴉什麼東西啊！我們有事自己會溝通，幹嘛閨蜜都喜歡看人家分手！」我打開樓下大門，「我先說喔，那個 Adam 學長是個神經質有病龜毛潔癖男，病很重，我們不能在客廳吃東西，只能在我房間吃。」

徐玉娟有聽沒有懂似的，一張嘴還開開的，「嗄？」

「這些宵夜放在茶几上很麻煩的，飲料會有水痕、鹽酥雞有粉渣，反正他就很潔癖就對了！」我邊交代邊往上走，「到我房間去，愛怎麼吃就怎吃！」

「噢。」徐玉娟不知道為什麼一臉懷疑，「妳說的是 Adam 學長嗎？」

「就是！你們口中那個什麼斯文有禮乾淨整齊的 Adam 學長！」我沒好氣的開了二樓鐵門，「還有，萬一遇到隨便打聲招呼就好，要是有妹在，只要微笑。」

徐玉娟明顯的轉著眼珠子，「你們不是才兩個人住，怎麼搞得我好像要去什麼營隊似的？」

我一臉妳不懂的樣子，手才擺在木門上，木門竟然直接被拉開，害我整個人往前仆倒！

而且這一仆，還直接撲進了某個人的懷裡。

「欸……」額頭直接撞上胸肌也是很痛的，尤其這傢伙胸肌也太硬了吧，「搞什麼啊！是誰開門！」

「神經質有病龜毛潔癖男？」聲音隆隆，我當場僵在原地——他為什麼重複我剛剛說的話。

「嗨，Adam 學長？」徐玉娟聲音超甜的，「真不好意思，這麼晚來打擾。」

「還好吧？我看妳挺大方的。」李念宸說話一點都不知道客氣。

我緩緩向上看，他正面無表情的看向我，這真的是個很尷尬的角度，我撲在他胸前，他左手正扶著我的手肘，我整個人重心全在他身上，而且……太近了。

他是不會稍微往後挪一點嗎？一定得逼我看那精實的身體？

「欸……」我趕緊撐著起身，結果支點還是全靠他握著我的左手肘。「你幹嘛突然開門？出去約會喔？」

「沒有，我聽見很吵的聲音，妳知不知道我們樓下這塊有回音的？」他皺眉。

徐玉娟倒抽一口氣，「學長，對不起，我不知道。」

李念宸越過我瞥了她一眼，「怎麼這麼晚來還……」

「宵夜，我們進房吃。」我趕緊說明，「吃飽後我會仔細謹慎的處理廚餘！」

我回頭朝徐玉娟擠眉弄眼，趕緊脫了鞋往裡頭走。

「歹勢，吳姚萱心情不好，身為姊妹要來安慰她一下。」徐玉娟跟李念宸倒是挺熱絡的，不怎麼想進來的樣子。

我房門都開了，她還在門口衝著潔癖男笑，「徐玉娟？」

「好……哇，家庭式的耶，我們可以在客廳或餐廳吃啊，放著這麼大的空間不用也太可惜了！」

她一進來就看見寬廣的客廳，有沙發有電視有茶几，大家都想癱在上面吃東西聊天——但絕對不能是這裡。

「別鬧了！快進來！」我遙看著正在關門的李念宸，「學、長，我們會盡量小聲的！不好意思喔！」

李念宸關上門直接走了進來，先是望著我……或說是我的房門，再看向客廳。

「就在外面吃吧，我怕妳們在裡面吃會出事。」他嚴肅的開口。

「咦？」徐玉娟愣愣的回頭，「出事？」

「妳不知道她那裡面有多少真菌叢嗎？而且妳們還要帶東西進去吃，然後呢？東西擺在裡面一整晚？養蟑螂還是培養生菌數？」李念宸用自以為禮貌的口吻說著，「在外面吃吧，至少可以立刻收拾。」

「喂，你會不會太扯啊？我高興喜歡養細菌關你屁事！」我上前一把拉過徐玉娟，「我在這裡面樂得輕鬆，外面你就慢慢維持乾乾淨淨吧！」

哼！在房間裡我就算食物擺整夜也沒人管我！人已經夠煩雜了，這個潔癖男不要再來給我添煩亂！

我帥氣的甩上門，門卻倏地被李念宸擋住。

我不可思議的瞪圓雙眼，今天是怎樣？為什麼我有一種全世界都跟我過不去的感覺？

「我負責清。」他眯起眼，望進我的雙眼。

那一瞬間，我想起的是前幾天在廚房門口，他貼在我頰畔的氣息與凝視……這讓我直覺的閃開眼神，我覺得潔癖男的眼睛，不能看太久。

會出事的。

「天底下沒有白吃的午餐。」我皺眉，斜眼瞪他。

只見李念宸挑起一抹笑，冷不防的握住我的手腕，直接把我拖出房門，還朝向裡頭的徐玉娟輕笑，「借我一下。」

「啊？」徐玉娟呆站在房裡，不明所以。

結果潔癖男還認真的把我房門關上，我用氣音叫著，「這樣人家會誤會！」

「她不是妳姊妹淘嗎？這樣還誤會就不必當朋友了。」李念宸直接把我拖到門邊，「等等如果有人按電鈴，妳去幫我解決，今晚就隨妳鬧。」

「我說……」我一怔，「什麼？有人按電鈴的話……」

嗶——餘音未落，刺耳的電鈴聲立刻響起，只見李念宸揪緊眉心，扶額糾結的低下頭。

對講機的螢幕亮了起來，我只看到一雙濃眉大眼。

「有人來嗎？」徐玉娟好奇的打開房門，實在是因為樓下那個女人是死命按著電鈴不放。

「這誰？」我不可思議看著對講機，很吵耶！

「之前住妳那間的人，我之前跟她說房東要來查房子，所以叫她搬出去，但是她不知道從哪裡知道妳搬進來了，所以一直要找我見面。」李念宸飛快地交代一切，「我跟她沒有關係了，我不想再跟她有瓜葛，妳去幫我把她打發掉。」

我打量了潔癖男一遍，他看起來真的很苦惱，但是——有沒有搞錯啊？是不是男人啊，連拒絕女人都不會？

我還想問問題，但是電鈴聲實在太吵了。

「喂！不要再按了，等一下！」我抓起話筒就吼。

電鈴聲果然驟然停止，或許她以為是按錯了，或是以為……我是潔癖男的新女人。

「拜託妳了。」李念宸邊拉著我往門口去。

「李念宸！你有點GUTS好不好？你自己關係搞得這麼亂自己收啊！」我用力甩開他的手，「之前住我那間？女朋友嗎？誰這樣被騙走都不會很爽好嗎？」

「誰女朋友？我說過我跟她們全部都不是男女朋友！但就……我就不該吃窩邊草，因為住在一起，搞到後來我甩都甩不掉，跟口香糖一樣黏得要命！」李念宸顯得很不耐煩，「我後來帶別的妹回來她也鬧，她根本沒搞清楚我們的關係！」

「嘖嘖嘖！這太難懂……誰搞得懂啊！」我冷冷笑著，難得看到他這樣慌張，不刁一下不好意思。

「反正我把她騙走了，都封鎖了還是跑回來，我話說在前頭，我不是沒處理，我好話歹話都說盡了——」他往陽台下一比，「我跟妳賭，五分鐘內她就要扯開嗓門在這裡尖叫了。」

「什麼？那會很丟臉耶！」我趕緊奔到陽台上往下看，那女孩真的仰頭望著我。「還是報警？」

「……」我可以聽見潔癖男深呼吸的聲音，「妳我對丟臉的定義有些差距。」

「不是啊？我下去有什麼用！」這簡直莫名其妙，我還在嚷嚷，潔癖男居然把鐵門都打開了，「等等，等一下，李念宸！」

他直接把我推出去。

「妳說妳是我女朋友。」他肯定的點頭，「一定要堅定這個身分。」

什麼？我晾在門口，不可思議的看著他，再指指我自己，這是瘋了嗎？

「這招很爛你知道嗎？爛梗、白痴才會信！」我壓著聲音低吼，「你這種咖會找我這種人當女朋友？啊，找徐玉娟比較快！」

我急著要進屋，李念宸直接擋在門口，又用胸部把我擠出來。

「就是這樣，她才會死心。」他驀地扣住我的頭，在我耳邊說話。

「咦？」我打了個冷顫，幹嘛又在我耳邊吹——

下一秒，他吻住了我的頸項。

我整個人僵住了，什麼女漢子什麼運動健將鐵拳無敵，這時候一點屁用都沒有，我四肢麻痺完全無法動彈，雙手緊緊握拳，頭被潔癖男扣著，右手甚至抵著他的胸膛，然後我這才發現……我的右腰際是滾燙的。

他是什麼時候摟著我的腰……不對！這是重點嗎？重點是為什麼他在吸吮我的頸子！

「好，就這樣。」他的唇離開我頸子時，超俐落的把我往下趕，「發揮妳女漢子的魅力。」

其實我連走下樓都有點問題。

我根本不知道自己怎麼走到一樓的，開門前伸出的手，居然在顫抖。

不是吧……我的左手往頸側去——潔癖男剛剛對我幹了什麼事啊啊啊！種什麼草莓啊！

還沒進門就聽見歡樂的笑聲，我覺得全身力氣都被抽離了，結果徐玉娟跟潔癖男還能這麼開心。

走進陽台，茶几上真的擺滿了我們晚上的宵夜，潔癖男就坐在沙發上跟徐玉娟談笑，不過一看見我，即刻起身走過來。

「如何？妳說了嗎？」

「嗯。」我真的在壓抑怒火，拳頭超硬。

「走了？」他挑眉。

「哭著離開的，但事情還沒完！」我忍不住指著他，「以後我不會再幫你幹這件事！自己捅的婁子不會自己收喔！」

「收得了還需要幫忙嗎？」老兄他倒是大言不慚，「而且妳也算事主，畢竟妳真的住在這裡。」

「我超後悔的！」我瞪著他，不爽地走向茶几。

徐玉娟有些狐疑的來回打量我們，「結果妳怎麼打發掉的？」

「我叫她說是我女朋友。」潔癖男說得乾脆，我倏地回頭怒瞪。

「誰這樣講啊？我才沒這樣講咧，你是想讓我跳進黃河都洗不清喔！」

我趕緊正首對著徐玉娟，「我沒這樣講喔，妳不要跟學長說！」

「我？我哪會幹……這種挑撥離間的事啦！」

「妳沒跟她說妳是我女友？喂，妳是怎樣！」李念宸急著跟上，「這樣她甘願走？」

我真的是精疲力盡，今天有七堂課已經夠操了，晚上打工頻出錯，滿腦子都被學長的事卡死就算了，好不容易終於接到他的電話，卻只是讓低迷的心情變得加乘沮喪而已。

結果回到家，還得應付室友情感問題，最機車的是他還在我脖子留吻痕！

是為什麼可以這麼大方？他沒有注意到我流了一天汗嗎？

我直接拿起放在杯墊上的啤酒，二話不說先猛灌了幾口，坐在我左邊的徐玉娟應該已看見了吻痕，她圓著雙眼盯著瞧。

「我就不是你女友，說什麼謊？我跟她說我是這裡新房客，她的行為已經打擾到我了，這邊不是只有你李念宸一個人住，請她節制些。」我邊說邊看向徐玉娟，「草莓是他故意的，他以為這樣就可以拐對方說我是他女朋友……玉娟妳說，要是妳妳會信嗎？」

徐玉娟一秒搖頭，還真給我面子。

「怎麼會信啦！太扯了……」她突然哽住，「我不是說妳不好，我是說……就、就不像 Adam 學長會喜歡的型啊！」

「就是要這樣反差，對方才會明白她們不是我喜歡的型。」李念宸還振振有詞，「我就不喜歡辣妹正妹，喜歡偽娘不行嗎？」

「喂！李念宸！不要太過分喔！」我不平的嚷嚷起來，「那個女生很喜歡你耶，這種事怎麼能唬爛過去啦！」

「就是就是。」徐玉娟連忙點頭，好高興現在身邊有戰友。

李念宸倒不怎麼高興的抬高下巴睨著我，一臉我辦事不力的樣子，靠腰，我是有什麼責任義務要幫他解決問題嗎？

「結果呢？還不是等於沒解決？」

「不然咧？這我的事嗎？先生，學長？」我沒好氣的瞪著他，「反正我跟她說我住這裡，跟你沒關係，你跟她也沒關係，話沒說完她就哭哭啼啼的說多喜歡你啦、你們明明有什麼的！」

李念宸冷漠的別過頭，「根本沒有。」

「這就是你說的，不該吃窩邊草的原因對吧？感情加溫得快，又常膩在一起。」我嘆口氣，滑坐上地板，背靠著沙發，「總之，我也跟她說了，你從不覺得你們之間是男女朋友，我不相信她不知道。」

有沒有感情、是什麼感情，或是哪邊出了問題，說不知道沒感覺都是騙人的！差別在於騙別人還是自欺欺人罷了！

連我這樣的女漢子，都能聽見裂縫的聲音……

「她應該知道，只是抱持希望而已。」徐玉娟幽幽出聲，「正因為住在一起，會覺得自己是特別的……應該說是希望自己是特別的，能成為那個唯一。」

李念宸沒有說話，那雙眼又盯著我了。

「她知道的，所以只是一直哭，我跟她說不要一廂情願，不喜歡就是不喜歡，要離開也該漂亮的離開，不要連點尊嚴都沒有。」我話說到這兒，後面那句沒打算說。

要談感情託付真心也找個正常的好不好？妳找個生活潔癖感情縱慾的傢伙是瞎眼了嗎？他擺明了人人炮友，妳去講什麼真心啦！

我覺得如果我把這串說出來，可能下次輪我打掃家裡時，會被潔癖男整死，所以我得明哲保身。

「所以她還是有可能會來找我。」李念宸末了居然還長嘆，「唉……」

「嘆什麼氣啊，還不是自己造成的?不要再叫我應付這種事了喔，能帶回家就要能處理好後面啊！」我真是一肚子火，尤其我現在頸子還在發燙。

「那還不是妳們女人超級不乾不脆，不然犯得著這麼多事嗎?」他還有理了，起身，「好啦，約定就是約定，妳們慢慢吃宵夜去養脂肪，殘渣至少搬到廚房去，我明天收。」

「謝謝學長。」徐玉娟不知道在甜什麼似的，逼我睜著眼瞪她。

跟潔癖男口氣這麼好幹什麼啦!他剛剛才欺負我耶!

嘖!我想到脖子上的吻痕，真是渾身不舒服，撐著桌子起身，不行，得先去洗一洗!

在我要進浴室前，該進房的潔癖男又出聲了。

「為什麼喝酒?」

「咦?就……就……」徐玉娟很不會說謊，衝著潔癖男只會笑。

「唷，借酒澆愁嗎?」李念宸竟折了回來，「可不許發酒瘋，也不准在客廳裡吐！」

「滾進去睡了啦你！」我回頭咆哮，真是哪壺不開提哪壺！

衝進浴室鎖上門的時候，我親耳聽見，「分手了嗎？」這種殺千刀的詛咒！

混帳！我衝到鏡子前，仔細看頸部那顆草莓……這也太紅了吧，而且種在這個位置，我連遮都沒辦法遮，現在白天還有二十八度，我繫條圍巾出去會中暑吧！

開水龍頭沾著水搓，腦海裡浮現貼著他的景象，抵著胸膛，他身上有股好聞的味道，不是洗髮精，聞起來像鬍後水的香氣，衣服也很好聞，我只要往左十五度，就能貼上他的臉頰……

腰間的力道，後腦勺的大掌，其實都不怎麼使勁，只是我掙不開。

我忘了該掙扎，因為我所有的感覺都被頸上的吻奪去了……「該死該死該死！」

我只能這樣低咒著，自己卻忘不掉他在吸吮的同時，舌尖在我頸上的挑逗。

好可惡的爛人，就為了要我假裝是他女友，這種事他都幹得出來！

最爛還是我自己，明知道他是故意的，為什麼還是會為這種事臉紅心跳！

學長，你能不能快點給我一劑安心針，再這樣讓我不安下去，我會連自己是誰都不記得了。

□

最後丁惠如順利請假，前往她男友的懇親日，事實上也是我男友的，因為她問出來，他們在同個單位。

而且懇親都是大日子，重複性真的很高。

學長不希望我去，要我專心準備期中考，我也就乖乖聽話，內心的不安隨著聯繫越少而越來越擴大，我如果吵著要他多跟我聯絡，他還會不高興。

我已經忘記從什麼時候開始，我不吵，他也就不怎麼打電話來，我們之間只剩下 LINE 的簡短訊息。

他的 FB 也沒有什麼更新，放假時似乎也沒幹嘛，我自己也少打卡了，花很多時間跟徐玉娟、許楨杰出去閒晃，或是在社團瘋，都像是為了沖淡自己的寂寞。

『我們之間到底怎麼了？』

『沒有什麼，妳為什麼變得很愛亂想？』

每次我只要意圖溝通，學長都以我胡思亂想為由打斷。

『你怎麼會一點都不想我？放假也不想打給我，也不想見面？』

『我就很忙啊，而且跟大家約好要去玩，打算把這裡玩透啊！這不是一開始就跟妳說了？』

我沒想到面對愛情的我，會變得脆弱又膽小，其實每次我想問的是：「你是不是想跟我分手了？」

以前看見玉娟或是其他同學戀情出問題時總是低迷，那時認為快刀斬亂麻是最快的，如果真的因為距離拉開，讓他覺得不再那麼喜歡我，不想經營這段感情，可以快點分手，給我時間與空間療傷，至少我沉澱後又是一條好漢。

結果當自己身在其中時，方才發現不只是旁觀者清，更是旁觀者理智。因為喜歡，所以不想這麼輕易割捨。

一邊痛苦，一邊又希望學長真的只是因為在那邊不甚方便，我聽丁惠如說她男朋友每天晚上都會打給她，但每次只能說一下下；想用簡訊說不定方便許多，至少學長一口氣可以打一大串。

『我去找你好不好？考完那週我下去，週休二日你們都有放不是？』

『不要浪費錢啦，打工這麼辛苦，而且我跟同袍約好了。』

『我好想你……聖誕節總能見面吧？』我們聖誕一定要一起過，那是我們交往紀念日。

『聖誕嗎？可以吧，今年聖誕是連假，我應該會回去。』

我坐在看不到桌面的書桌邊，一再的重讀這些訊息，不知道為什麼一點興奮也無，我總覺得不太踏實。

叩叩叩，又敲門了。

「吳姚萱！」

「又幹嘛！」我現在都懶得去開門了，「進來！」

進來的意思是他可以打開門，反正李念宸絕對不可能踏進我房間一步，他覺得他會就此中毒身亡，我房間裡絕對有伊波拉病毒。

房門推開，按照慣例他會再次審視環顧我房間一圈，然後用驚訝敬佩的眼光搖頭，再搖頭。

「妳知道妳越來越誇張了嗎?妳之前地板只有一層，現在好像已經有十公分厚了。」

我回頭看著左後方，「冬天到了會積雪嘛！」

「是喔，那要小心不要沒到春天就被活埋囉！」他擠出一堆機車笑容，「我買了轉角包子，妳要不要吃！」

「咦?阿姨包子嗎?」我立刻從椅子上跳下來，「八點多了耶，你怎麼買得到?」

我們這附近街角有攤包子，傳聞是個高手廚師阿姨退休沒事經營，她的包子超好吃，只有三種口味，五點開始賣，每日限量，多半在七點半就會售罄，基本上就算是早八的課，想吃還是得更早去買，更別說到了那兒還得排隊等出爐。

「我剛去晨跑，回來看隊伍不長順便買的。」李念宸轉身往餐桌去，「我還順便買了一杯豆米各半。」

咦?我走出房門，狐疑的走到桌邊，真的有一袋包子，還有兩杯飲料。

李念宸回房去沖澡，我從袋子裡拿出早餐，皺著眉看著那杯各半的飲料，怪了，他是怎麼知道我喝豆漿加米漿的?

今天是十點的課，我早起是因為最近根本睡不好，逕自拉開椅子坐下，手裡捧著熱騰騰的包子，其實是百感交集的。

我大學三年也就吃過一次而已，那是剛跟學長交往時，兩個人刻意起大早去買的，手牽著手，連排隊都覺得開心，兩個人買不同口味，互相分享，帶著到學校裡吃，那天的包子真的是我吃過最好吃的早餐。

不知道是心境，還是人的關係。

我張口咬下，卻覺得酸。

「幹嘛吃個包子一副受折磨的樣子？」

潔癖男悄然無聲的走出來，擦著一頭濕髮，我一見到他都會緊繃起身子，警戒天線豎起，這個人不是找碴就是找麻煩，不然就是找架吵……還有講話很機車。

「什麼折磨，很好吃好嗎？」我白了一眼。

「看不出來，妳看起來很痛苦。」他走到我身邊，抽過一小袋包子，「兩個口味，一人一半。」

看著他拎起飲料，坐到我身邊，我望著飲料杯子，瞧不見什麼記號，讓我不禁好奇。

「你喝什麼？」

「各半啊。」他回得直接，「我覺得各半最好喝。」

「噢。」原來是巧合啊，我想多了！我想多了。

這大概是我們第一次一起在這張餐桌上吃早餐，氣氛有點沉悶，我本來以為他房間裡還會不會走出第三位，但看看他買的早餐，應該是沒有人了。

「怎麼最近沒看你帶人回來？」我好奇的問。

「有時候是到女生那邊，有人會介意妳的存在。」他大口咬著包子，跟外表纖細感大相逕庭。

「我？靠，你又在外面傳什麼？」我圓睜大眼。

「需要傳嗎？全世界都知道妳住在我這兒好嗎？卡一個室友，跟單獨跟我在一起，妳選哪個？」他冷哼一聲，揭開杯蓋喝著熱騰騰的飲料。

「是喔，聽起來好委屈喔，那幹嘛徵室友？」我頓了一下，「就為了塞上次那女生的縫喔？」

「對啊，不然咧？我還請大家找那種不要太正的。」李念宸倒是實在，「徐玉娟一把妳 FB 傳給我看時，我就覺得太適合了。」

我瞇起眼，這潔癖男是當作我聽不懂是嗎？

「你自己控制好不就好了？就不想找個女朋友好好談戀愛喔？」我皺著眉，「欸，先說，不要對我同學下手啊！」

「徐玉娟挺喜歡我的啊，她也不錯。」李念宸一臉認真思考的模樣，「我不出手，不過她如果主動找我，我不會拒絕喔！」

「李念宸！」我當然知道徐玉娟對他有興趣，問題是喜歡他，是會受傷的好嗎！「你找個喜歡的人好不好？這麼多女生就沒一個喜歡的嗎？」

「有啊！」他倒乾脆。

「那為什麼——」

「因為不想，談感情太累了。」他一口氣喝完，衝著我笑，「而且妳不知道什麼時候會被背叛！」

咦？面對他突然的逼近，我直覺的就往後閃，我們之間最好維持兩公尺以上，不然太危險了！

我當然是說我太危險了！尤其我的心臟！

「你被劈腿過喔？」所以才這麼不想認真談感情。

他沒回答，卻用眼尾瞅著我笑，那眼神真的很讓人不爽，這次不會讓我臉紅心跳，而是種若有所指。

「妳呢？我八百年沒聽妳跟男友講電話囉，連留言都沒有了。」

「那是我放低音量了！你不是嫌我聲音太大嗎？」

「懇親會體貼妳不讓妳去，放假也沒打算回來，可以打公共電話的時間偶爾才打給妳，假日時妳也沒抱著手機……」他如數家珍，「妳也超忙的，我看妳這兩個月來的假日根本都排滿了，出去玩啦、社團啦、看電影逛街……」

徐玉娟！妳到底跟潔癖男說了多少啊！

「關你屁事啊！」我忍不住又握拳。

「我只是好奇而已。」他聳了聳肩，開始把垃圾放進包子袋子裡。

「好奇什麼？這我的事情，你管太多吧……」我氣得身體都在顫抖，「你管好你那一堆女人、管管地板上的頭髮、桌上的灰塵，還是桌面水漬……」

「我很好奇像妳這種女漢子，怎麼面對問題時這麼小女人？」

啪。

如果理智斷線有聲音的話，我聽見了。

我接下來的動作連我自己都沒有預料過，我雙手拍著桌子就跳起來，怒火翻騰，根本無法克制，右手就朝李念宸揮過去。

但是他更快，起身的同時就握住了我攻擊的手腕，看起來不費吹灰之力。

「怎麼不用這種態度去搞清楚咧？」他用似笑非笑的臉看著我，「妳應該去照照鏡子的，人已經很醜了，這兩個月來每天都一副要哭出來的樣子，就更醜了！」

「李念宸！你是哪裡看我不順眼啊！」我咬著牙喊著。

「沒有啊，這是身為室友的關心。」李念宸驀地鬆開手，同時把我往椅子上推去，「我比較喜歡剛搬進來時那個吳姚萱。」

他抓過我吃剩的袋子，轉身就往廚房去。

可……可惡可惡可惡！為什麼專挑我不想深思的事情說！背叛，他說了比我想像中更嚴重的詞，我想的只是距離、感情生變、分手。

為什麼他要說背叛！

而且他講了最重要的事——為什麼我明知問題就在那裡，卻不乾脆的去解決它。

拖泥帶水，的確不是我的風格。

「我決定聖誕節時跟他談清楚。」

坐在對面的兩個同學嘴裡塞著義大利麵，瞪圓眼睛看著我。

「吳小萱……」徐玉娟很驚異的看著我。

「妳終於決定了喔？」

徐玉娟往旁邊一撞，「什麼終於？會不會說話啊！」

「啊，我是說、是說……」許幀杰被這麼一戳，如果反而有點支吾其詞。

「好啦！總是要面對的，我們要一起過聖誕，我想跟他談清楚，如果……覺得不好再繼續的話，大家都不要太勉強。」我在義大利麵上捲了兩圈，看向許幀杰，「你有事情沒跟我說對吧？」

他飛快地移開眼神，正喝湯的湯匙還滑掉，我立刻看向正對面的徐玉娟，她立刻低頭大口吃她的茄汁義大利麵。

真不敢相信，我的兩個麻吉還真的有事在瞞我，不過，或許是因為我的態度。

「說吧，我既然想過了就受得住。」

拜託，他們都以為我忘了嗎？兩個月前許幀杰說要幫我問其他當兵學長，卻問到現在都沒下文？別的不說，丁惠如自從上次懇親回來後，看我的眼神也變得很怪。

然後，這兩個人、尤其是許幀杰，變得格外注意我的空閒行程，關心慰問一樣不少，尤其是假日，就怕我閒下來似的。

「欸，阿杰是怕妳知道會難過啦！」徐玉娟率先幫許幀杰說話，我聽起來就更加確定沒好事了。

「其實也沒什麼大事，就是……有人說學長那營滿鬧的，而且規矩不多，晚上七點後就可以用手機。」許幀杰知道瞞不住了，不敢看著我說，「假日他們都可以出去玩，而且一定會歸還智慧型手機。」

他邊說，一邊欲言又止，還在偷瞄徐玉娟。

「一次說完吧。」

「就……學長滿活躍的，他好像都跟同袍出去，跟幾個人很要好，所以假日都是跟他們出去。」徐玉娟圓著雙眼，深吸了一口氣屏住，「還有幾個女生。」

兵變，可不是只有指女生喔！李念宸的聲音又響起。

「為什麼會有女生？同袍嗎？」我握著叉子的指節用力了些。

「好像不是……說不定、說不定是同袍女朋友啊！」徐玉娟趕緊解釋，「小萱，我們都不能確定，因為我也是從別的學長那邊聽到的。」

天哪，我覺得喉頭哽了東西，真的覺得吃不下了。

我放下叉子，想到早上潔癖男才跟我說背叛兩個字，是因為男人才懂男人嗎？他為什麼就想到學長可能劈腿這件事？

我想都沒想過，會有別的女生這件事。

「如果是同袍的女朋友，他態度也不會這樣吧……」我深呼吸，「但為什麼不跟我提分手。」

「吳姚萱，妳先不要亂想啦，事情又還沒肯定！」徐玉娟趕緊伸長手握住我的手，「我覺得聖誕節時妳也不要跟他生氣，還是要問清楚比較好。」

「不管怎樣，他對吳姚萱冷淡是真的吧？」許幀杰卻悶悶的說著，「凡事都有因，我只是覺得如果不想繼續，為什麼不停止。」

「喂！」徐玉娟用手肘再撞了他一下。「少說兩句！」

「許幀杰說得沒錯，先不管他有沒有劈腿，他對我冷淡是真的。」我苦笑一抹，「我現在連主動跟他聯絡都懶了，我們一往惡性循環的方向去。」

「吳姚萱……」徐玉娟憂心忡忡，她是真的為我擔心。

我搖搖頭，這種事他們幫不上忙的。「好啦！吃飯啦！這間很難排耶，好不容易進來還不快吃，我等等就要去打工！」

「喂，晚上要我陪妳嗎？」徐玉娟再問。

「我也去！」許幀杰回得很快，「我明天……我明天不是第一堂的課。」

「不必啦！上次弄得亂七八糟，潔癖男邊清邊唸了我好幾天！」我想到李念宸就不耐煩，「真是不乾脆的傢伙。」

「Adam 學長不是那樣的人吧！」徐玉娟還在幫他說好話。

「徐玉娟，妳不要想接近他就出賣我喔，潔癖男到底問了妳什麼，妳都給我照單全說？」我義正詞嚴，「認真講啦，李念宸他對感情不認真……他完全沒有要交女朋友的打算！」

「我知道啊！」徐玉娟居然勾起笑容，「但如果遇到他真的喜歡的人呢？」

唉……又來，雖然我也是女的，但大概有男子氣概一點，我有時會不太理解這種自我催眠。

「我住在那邊快三個月，妳知道跟妳一樣想法的有幾個人嗎？」我扳起指頭開始算，「我只算我有看到的喔，五、六……」

徐玉娟抓住我的手指，「學長跟我互動不錯，我有自信可以攻下他。」

「呵、呵。」我抽回手，瞄向許幀杰，「麻煩讓她清醒一點！」

許幀杰沒吭聲，他眼望莫名的遠方，對不了焦的發愣，我伸手在他面前晃了晃，他居然也渾然無所覺。

「哈囉！」彈指，他顫了一下身子，「回來了嗎？」

「蛤？什麼？」這才反應過來。

「想什麼咧這麼出神？我要你以男人的身分勸勸徐玉娟，不要靠近潔癖男啦！」

「噢……可是她很喜歡 Adam 學長耶！」許幀杰還在幫腔，「不是應該幫她加油……」

「加個頭！你幫她加油不如幫我加油！」我瞪著一雙大眼半警告著。

許幀杰望著我，略微蹙眉，「我才不要幫妳加油。」

「什麼？」我聽得沒很清楚，他口氣很怪喔！

許幀杰不想理我，逕自低頭囫圇吞棗的吃麵。

是不是兄弟啊，這麼沒義氣，再怎樣都該為我的戀情加油啊！離聖誕節沒幾天，我真的希望一切都只是大家太忙了，或是有什麼誤會可以解開，我不希望……我不希望繼續抱著這種忐忑不安的心過節。

我對前房間主人說話時很輕鬆，什麼她應該明白潔癖男對她並沒有放感情，完全不是情人間的互動，她不可能不知道……

其實她知道！就像我也知道我跟學長之間有點問題，但為什麼我寧可在這裡自己難受，卻不願意面對？因為即使我知道裂痕，我還是想相信，我們之間是有可能的。

因為喜歡。

因為我喜歡學長，因為我們是男女朋友，感情讓我存著希望，而不該是毀滅或結束。

儘管如此，我心裡卻隱約覺得，我跟學長好像已經走上平淡的路，距離向來不是問題，心與冷漠才是。

我不想再等他的訊息或電話，所以我積極的在社交圈裡活動，忙與玩樂就可以忘記等待，而事實證明幸好也沒等待，有時候一個星期我們只有兩封訊息罷了。

他說公共電話打手機太貴，但是網路電話他也不願打，假日有LINE，平日是訊息，即使這樣，聯繫還是少得可憐；我也不想一直追著他跑，我不想那麼可憐。

這兩個月來的聯絡頻率，足以讓我懷疑我們之間到底還是不是男女朋友了。

我想不想他？想，還是想，但這種思念是帶著憤怒的，我想問他，你到底是怎樣！

晚上十點，順利清帳，結束今天的工作，我也很久沒有像之前那樣出大狀況了。

「辛苦了！」大家一邊換衣服一邊道別。

「辛苦囉！明天見！」

我掛好衣服，關上櫃子門時，發現丁惠如在旁邊等我。

「嚇我一跳！」我是真的差點尖叫，這又不是在演恐怖片，她躲在櫃子後面做什麼啦！

丁惠如皺著眉，「妳跟妳男朋友還好嗎？」

「唉。」我嘆了口氣，「該不會連妳都知道我跟我男友的事吧？」

「妳男友是不是叫黃文誠？」她試探性的問，我圓了雙眼點頭。「還真的是喔，那我們永遠都不可能兩個人一起去懇親啊！」

「嗄？」

「同個營區的，還同一隊。」丁惠如有些欲言又止，「我男朋友認識他耶！」

「是嗎？」我揹上背包，「下星期聖誕節他要回來，我想跟他好好談談呢！」

丁惠如原本要說什麼的，我看得出來，她微啟的唇抿了回去，眼神飄忽幾秒，對我擠出笑容。

「那就好，談談總是好的。」

如果跟學長睡在同一個寢室，那一定知道的更多。

可是我現在不想聽到任何「傳言」，剩一個多星期，七天而已很快的，我想單獨面對學長，只有我們彼此坐下來，好好說清楚。

丁惠如明白我的用意，跟我笑著道再見，我們一起離開了店家。

「啊……喂！喂！」還沒出店外，丁惠如就急忙的接起手機，笑得一臉甜蜜，看來是她男朋友。

如果同隊的，那表示星期五晚上，他們已經領回了手機。

丁惠如男友領回手機的第一時間，打給了她，我呢？我手機在背包裡，我也不記得什麼時候開始不再握在手中，不想被手機牽制著。

我買了碗麵跟冰回家，走進黑暗的巷弄裡時，聽見了細微的震動。

我的腳自己停了下來，我踏不出去，我明白自己的心，我得先拿出手機再說……不管是不是垃圾簡訊，我還是想知道是不是學長傳的。

LINE 的訊息一堆，點開來時螢幕上是許幀杰傳的，

『我永遠站在妳那邊，希望妳明白。』

我會心一笑，明白，他跟徐玉娟的心我都明白，這些日子的陪伴解悶，他們都是擔心我低潮。

點開 LINE 的所有視窗，學長果然傳 LINE 來了，上面顯示一個紅色的 1，又是只有一封訊息，而且還沒點開，我看見的是最後一行字：『對不起。』

我的天哪……對不起什麼……我掐著手機的手緊到泛白，心跳開始加速，拜託不要這樣，我還是希望可以面對面講清楚的，不要跟我說對不起！

我緊張的快速點開——杞人憂天，事情不是我想像的那樣。

但也好不到哪裡去。

『抱歉！說好一起過聖誕的，但我同袍邀我去他家作客，他對我真的很好，我不好意思拒絕，下次我一定陪妳好不好！對不起。』

啪嘰——裂隙變得更長了，我聽見那裂開的聲音一路延長，彷彿一切都快碎了！

騙子。

騙子騙子

騙子騙子騙子！

我的內心無法克制的在大喊，我知道他在騙人，就算沒有，我還是覺得他在騙人！

我們交往兩年以來，節日都是一起過的，尤其是聖誕！

為什麼？因為那是我們的交往週年紀念，我們約好，什麼節都可以不過，這個紀念日非過不可！

到底是發生什麼事？徐玉娟說的話突然湧現，很多女孩？說不定是同袍的妹妹，假日都跟其他女孩出去玩，他們……早就可以用手機為什麼不打給妳？

夠了！閉嘴，我不該想這個的！

情人間……不是就該相互……相互……

我打開門，今天燈火通明，意識瞬間拉回現實，想著該不會潔癖男帶妹回來了吧？

站在玄關往裡頭一看，我愣住了。

客廳沙發邊擺放了一棵小聖誕樹，天花板牆邊有幾處已掛上了彩帶裝飾，還精細的懸有彩球；聖誕樹還沒佈置，但地上有一大包東西，看起來就是要掛上去的物品。

李念宸正踩著椅子，黏貼靠近廚房那邊的牆壁，依然謹慎細心的一如他的龜毛。

我敢打賭，每個彩帶垂彎的弧度跟長度是等數值的。

「回來啦？」他剛好黏好回頭，「我習慣佈置聖誕節。」

「喔。」我有點錯愕，他習慣啊？「每年都這樣嗎？」

「嗯，這些東西跟我很久了，我大一就買了，每年都會掛，總是到過年後才收。」他跳下椅子，「妳房間不必裝飾……嗯，應該也沒空位吧？」

「我有真菌株。」我不知道在自豪什麼，「我門口你可以掛個槲寄生啦！比較有FU！」

「好！」他抓著椅子到另一處牆面，「那大概是妳房間最乾淨的地方呢！」

我冷冷的笑，再亂我還是過得好好的好嗎？換句話說，我抵抗力還比較足咧！我把晚餐扔在餐桌上，先回房把包包往地上扔，走出來時他已經踩著椅子在黏貼另一邊牆了。

望著那棵光禿禿的聖誕樹，我沒說的是，我那看不見地板的房間裡也有一棵聖誕樹，塞在衣櫃角落，外面有包包跟十幾件衣服覆蓋，可能看不太出來，但那真的是棵聖誕樹，跟這株一樣高。

彩球跟裝飾不多，燈飾也很短，放在我床底下，用垃圾袋裝起來。

但是跟學長在一起佈置時，再爛的裝飾也很美，我們切著蛋糕、關上燈，圍坐在那小小的、閃閃發亮的聖誕樹前，覺得那是世界上最美的一棵樹。

「幫我遞一下膠帶好嗎？就在妳腳邊袋子裡。」李念宸的聲音在左上方喊著，「不要亂翻，袋子裡有一個黑色袋子，那裡面就是膠帶。」

我向左上瞥了他一眼，他的手正壓著彩帶，看！果然是一樣的弧度，真是整齊劃一；還不要亂翻咧，我打開那一大個麻布袋，還得找到什麼黑色的袋子……

伸手下去撈，就是五彩繽紛的彩球，閃閃發亮的彩帶也整齊躺在其中，最上頭用繩子纏妥的是燈泡，李念宸的裝飾品相當豐富，他不是說著玩的，他是很認真、費心思在佈置聖誕節。

我拿起靠近我的紅色彩球，我的床底下也有一個……也有……

我的眼淚就這樣滴下去了，我自己都不知道怎麼回事，完全無法克制，一點心理準備都沒有，淚水滴在那紅色彩球上，裡面反照著我愚蠢的臉。

為什麼會變成這樣……今年不是也要一起佈置聖誕樹的嗎？我連蛋糕都

看好了，我們一向都不去吃大餐，挑喜歡的蛋糕、叫外送，一起窩在聖誕樹下過節……明明只要這樣就足夠的。

我們之間到底怎麼了！不就只是去當個兵而已嗎？十個月很快就過去的，送你上火車時，我們還緊緊相擁，說好一有空就要見面，打手機給我一定要接，新訓時你還說你想我想得要瘋了！

「嘿。」左手邊傳來溫柔的聲音，人影蹲了下來。

我抬起頭看向李念宸，我無法控制的拚命哭泣，淚水翻湧而出，我的臉一定醜斃了！

「別汙染我的袋子。」他邊說，一邊把我跟前的袋子拉到他腳邊去。

「去……去你的！」這種時候了，還在意我的淚水是不是滴進了袋子裡。

「裡面有電器嘛，我怕等等淹水。」李念宸挑著嘴角，帶著點嘲謔，「看來發生了什麼對吧？」

我抽抽噎噎的，說不出話，我好想揍他喔！

他伸手拿過我握在右手的球體，「看來跟聖誕有關係？怎麼？沒要一起過節？」

「嗚……哇——」我直接嚎啕大哭，他好煩喔！為什麼會知道！「我不喜歡這樣，我不懂為什麼會變成這樣，我跟學長、我跟學長明明……」

「不懂的事弄懂不就好了？」李念宸突然轉過來凝視著我。

我哭得亂七八糟，淚水早模糊了視線，用力擠出淚水才可以看清楚潔癖男的樣子……結果好不容易看清楚了，卻瞧見他那又盯著我不放的眼睛。

「怎麼弄懂？」

「這還要教嗎？」他挨在我身邊坐了下來，「妳的神經並沒有跟海底電纜一樣粗，認真的時候，妳也是很細心的。」

我抽泣著，想忍下哭泣而身子顫抖，我從不知猜忌與不安，會能讓人這麼痛苦與悲傷。

大手摟過了我的肩，我嚇了一跳，倏地轉頭看向他。「幹嘛！」

「肩膀借妳！」他皺起眉凝視著我，「不會以為我真的想幹嘛吧？」

我五官皺在一起的看著他，這種時候，我很難承受別人對我的溫柔……尤其是這個潔癖男，只是看見他的眼神，我就會覺得……有他在，我什麼都不必擔心，我可以盡情哭泣。

「借就借……不要動手動腳的！」我嗚咽的，側首就靠上了那寬闊的肩頭。

他的肩膀真的很寬，有個人在身旁，會讓我無法克制，宣洩著這幾個月來壓抑的情緒。

我都不知道我哭了多久，李念宸還塞給我一整包衛生紙，我擦的速度都不及流淚的速度。

「妳房間那個戰場，妳要花多久時間可以找到想要的東西？」借肩膀的人突然開口。

「嗄？」我皺眉，「我表演過了啊……」現在問這個幹嘛？

「那妳感情的戰場，妳要花多久找出妳不懂的地方？」李念宸微微笑著，看著枕在肩上的我。

我淚眼汪汪的瞅著他，這麼近，我幾乎只瞧見他的唇。

還有一種挑釁的眼神。

「我要下去一趟。」我正眼看向了他。

不管發生什麼事，我都要親自去找學長。

他不能來，就該我去找他。

李念宸笑了起來，那是我目前為止看到最好看的笑顏。

「那我們就下去吧。」

十度的低溫中，我忍不住看著隔壁的傢伙，一路陪我南下，他不多話，上了客運也是在睡覺，背包裡裝了零食，上車前還主動先去買了麵包跟飲料，擱上我桌子。

「為什麼是我們啊？」

底下還鋪了一張紙，連在外面都不改潔癖特性……啊，我有提到酒精噴劑嗎？愛乾淨不是不好，但李念宸真的很超過，我只希望他情感上也能稍微有一點點潔癖，那這傢伙一定更受人喜歡……

不對，他已經夠受人喜歡了。

明明不是花美男的類型，但那帶著冷傲的神秘氣質跟清秀五官很容易吸引目光，深色黑髮加那雙鳳眼，我最近覺得他的眼神很可怕，他只要願意，光凝視著人就能讓人小鹿亂撞，心跳狂奔。

會有一種……他眼裡只有我，而且為我燃燒的錯覺。

當然是錯覺，來家裡的女生跟守在樓下的女生，都是被這種錯覺所害。

「我沒事，加上我不想在社會版看到妳。」李念宸說得自然，「反正閒著也沒事。」

「什麼社會版？」我冷笑一聲，「你以為我會去幹自殺這種事？」

李念宸很認真的看向挨在他左邊站著的我，「我是怕妳失手……」

我深吸一口氣，不客氣的使勁往他左肩推去，借過啦！胡說八道什麼！他只是在後面笑著，告訴我快去堵人，省得被別人先帶走！

被帶走？潔癖男就是話中有話，覺得學長會先跟別人離開似的。

我們抵達得有些晚了，營區已經都是人了，第一次來我有些不熟悉，連要去哪裡填單都得李念宸帶著。

「吳姚萱！吳姚萱！」後面突然傳來熟悉的聲音，我嚇了一跳，是丁惠如！

「丁惠如！」我很驚訝，看見她身後微笑的男生，看來是她男友了，「嗨，您好。」

「妳好晚來喔，大家應該都快被領完了。」丁惠如指著前面，「我聽說妳直接請假耶！店裡有點混亂。」

我只是笑著，我看開了，被開除就認了。

「呃，她男友是不是就妳之前說的黃文誠？」丁惠如男友突然上前，他想跟丁惠如說悄悄話，不過音量有點大。

丁惠如擠眉弄眼的想比噓，不過我都聽見了。

「是，我叫吳姚萱，我男友是黃文誠。」我主動開口。

「噢……」只見丁惠如男友緩緩回頭，看向了停車場的方向，「他應該已經走囉！我看見他跟阿健一起走了。」

咦？我愣了住。

「還不快去！」身後的李念宸突然一個如來神掌擊上我的背，害我往前踉蹌幾步。

我回頭看著他，再正首朝向丁惠如男友，他明確的指出個方向，「那邊……現在轉彎過去那一票！」

「謝了！」我沒空跟丁惠如道別，拔腿狂奔而去。

真的是跟同袍出去嗎？連褪親都是被同袍領走，放假也都跟他們一起出去玩？我其實心裡有一點點放鬆，因為聽起來學長沒有騙我，他真的都跟當地同袍在附近——

我向右彎，看見了我思念的背影。

還有他身邊那個挽著他的手的長髮女孩。

「欸，黃文誠，你們訂七點的對不對？」他身後的男生嚷著。

「對啊，你們是六點了嘛！」是學長，他只有側首，但聲音身形我不會弄錯。

「沒辦法，剩六點的位置！」學長舉起左手，緊緊摟住那個纖細的女孩，「終於不必同一間餐廳了。」

同袍上前，突然架住了他脖子，「好小子，十二點前要送我妹回家啊！」

「唉唷，馬車會變南瓜喔！」學長咯咯笑個不停，女孩踮起腳尖想扳開哥哥的手。

「哥！你不要鬧他啦！」

「小可，妳怎麼這樣對哥啦！有了男友就不要哥哥了！」同袍開玩笑的擊著學長的右後肩，「你這小子，好好對我妹啊！」

「唉唷，放心！」學長終於半回頭，看向了同袍，他笑得一臉幸福，「這是我跟小可第一個聖誕節呢！」

跟小可的第一個聖誕節。

跟我的第三個。

我沒有停下腳步，我聽著四個人的歡笑聲一路跟到停車場，開車前來的是同袍的女友，她把鑰匙扔給男友後，逕自繞到副駕駛座去；學長體貼的為毛帽女孩打開門，女孩笑得好甜，學長還伸手擋在車門上方，深怕她會撞到頭似的。

女孩坐了進去，學長這才關上門，轉身要繞到車子的另一方。

也是這樣，才終於看見了我。

電影或小說裡，常出現的定格，或是時間靜止的形容，沒有親身經歷的人是不會懂的……那是一種不管周遭發生什麼事，你都不會在乎，也感受不到，因為眼裡就只有眼前這個人。

還有我們彼此腳下踩著的薄冰。

天氣很冷，我沒有戴帽子，一如往常的裡面一件薄長T恤，外面一件羽絨衣就夠了，我身體一向很健壯，女漢子嘛，哪怕冷？

而且再冷，也沒有心冷。

淚水是熱的，它們悄然無聲的滑過我的臉頰，說我沒想像過這個情形是騙人的，但想像跟實際看到真的是兩碼子事！我跟那天聖誕樹下時的狂哭不同，淚水只是默默滾出眼眶，試圖溫暖冰凍的心。

「小萱……」學長非常僵硬的站在車尾，我很感謝他至少願意認我。

我笑不出來，我以為我可以當個真真正正的豪爽女漢子，衝著他笑還拍拍胸膛說聲從今爾後就此別過。

結果我只覺得心臟好痛，它們被緊緊掐住，難以跳動，血液跟著凝結，我連呼吸都變得艱難……看著學長走過來，我緊握的雙拳越來越施力，我覺得他走得太近，我真的會一拳卯下去。

腦子裡千頭萬緒，我有千百個問題想問他，你不是說喜歡我這乾脆大而化之的性格嗎？看看那個女孩？纖細嬌弱，戴著漸層毛線帽，穿著短裙跟白色大衣，精緻的妝容與可愛的模樣，怎麼看都是跟我相反的類型。

學長說過的話言猶在耳，『我最討厭女生化妝了。』、『聖誕節吃什麼大餐？那是商人要賺錢！』

我想問什麼時候開始的？我想問他不是最討厭女生化妝？不是喜歡大刺刺性格的女孩嗎？為什麼要這樣對我？為什麼這麼容易就喜歡上別人……

「為什麼不分手？」

結果，我一路跳到了最後的問題。

學長緊皺著眉用悲傷的眼神看著我，我不懂他為什麼看起來有點委屈？

他媽的他有什麼權利委屈啊！

「黃文誠？」學長的同袍開車門下來了。

「我來處理！你們等我一下！」黃文誠緊張的回頭，張開手指往下壓，「不要讓小可出來！」

男生的感覺是很敏銳的，那同袍像是理解似的，笑容斂起，很嚴肅的站在車門邊看著我們。

「是因為我沒來懇親嗎？」我必須用力閉上眼睛，才能把眼淚眨掉。

「也有關係吧？她……她是阿健的妹妹，懇親那天跟他們一起吃飯，然後就、就……」學長話說得很痛苦，「我不是故意的，但是她真的很可愛，我們就聊天、簡訊，假日又一起出去，我真的不知不覺就——」

「為什麼不分手？」我打斷了他的自圓其說。

說這麼多都是廢話，藉口理由再多，都改變不了劈腿的事實！

我很男孩子化，但我還是女生，我知道這跟我沒來懇親無關，學長就是劈腿了、他腳踏兩條船，而我被兵變了！

李念宸說得還真對，兵變可不是女生獨享的特權，誰想得到人在軍中，也有辦法兵變——因為我沒來懇親？

這也是屁！如果我們情感真的牢固，他就不會喜歡上另一個女生！重點是如果他們已經在一起了，發展至此，為什麼不跟我提分手？讓我一個人遠在另一端不安、難受、等待！

「我……我說不出口啊！因為我知道是我不對！」學長激動的上前一步，「妳要我怎麼跟妳說？說我喜歡上別人了？我劈腿了？」

「事實就是這樣啊，不然呢？」到這時候還裝可憐？「難道你跟她只是玩玩？你的女朋友還是我，你當完兵就會把她甩了？」

「我沒有！」學長回得既迅速又激動，還倏地回頭看向同袍。

他顧及了新的那一邊，卻徹底傷了我，那句「我沒有」回答得多快多恐懼，深怕慢一秒，人家哥哥就要質疑他的真心。

那我呢？我簡直像個可笑的丑角。

「好激動啊，很怕失去她對吧？因為你已經不怕失去我了。」我苦笑著，「所以我說乾脆提分手就好了，你這樣一邊綁著我，一邊劈腿算什麼！」

「我想我只要……只要對妳冷淡一點，妳遲早會知道的啊！」

「知道你個頭啦！敢劈腿不敢承擔嗎？說什麼你很忙，你跟同袍要去玩，連通電話都沒辦法打給我——你知道我之前等電話等到都快瘋了嗎？」

我全身憤怒到顫抖，我可以衝上去打他嗎？兩拳就好，打斷他的鼻子，還是踢他的胯下……

「小萱！妳不要這樣！我真的……我還是很喜歡妳，但是但是我真的更喜歡小可，我們——」

夠了！我才不要傷害那個可憐的女生！我倏地直起身子，直接掄起了拳頭——身後一股力量飛快地扯住我的手臂，嚇得我驚恐回頭。

「說過不要上社會版的，冷靜。」李念宸不知何時走到我身邊，我都不知道。

廢話，我現在哪知道旁邊發生什麼事啊，我想就算有炸彈爆炸我都感受不到了！

學長明顯詫異的看向李念宸，剛剛那帶著愧疚的神情一秒消失，取而代之的是一種質疑與不屑。

「靠，搞半天妳早就劈腿了喔？還敢來這邊跟我大小聲？」學長嫌惡的瞪著我。

「你以為在演八點檔喔，你瞧瞧這傢伙長什麼樣子？」我一把揪過李念宸的圍巾拽過來，「他會喜歡我這種菜嗎？」

學長微怔了幾秒，皺著眉，「說的也是……」

「說話客氣一點。」被我扯到與學長之間的李念宸突然開口，「她沒什麼不好，虧你還是她男友咧！」

學長沒回嘴，他只是一直不安的回頭看向車子那邊，還有滿臉怒容的同袍。

「他是室友，來阻止我失手揍死你的。」我用手背用力抹去淚水，突然邁開步伐，直接越過學長往車子那邊走去。

學長大驚失色，連忙攔住我，「吳姚萱！妳要做什麼！」

他超粗魯的，真的箝住我的手臂，把我往後拽著，不讓我再往前一步；我瞪大盈滿淚水的眼，還真是寶貝新女友啊。

「你這人不是爛在劈腿，而是爛在都這時候了，還不肯跟人承認你有女友，不跟我分手。」我咬著牙，「我可能會守到你退伍你知道嗎？」

「我有想找時間跟妳說的，我只是——」

「喂！我是黃文誠的的女朋友，你們知道他有女朋友嗎？」我根本沒在聽學長說話，扯開嗓子對著同袍喊著。

同袍早就感受到了，他女友也皺著眉站在車旁，但我等待的是後座打開的車門。車門打開的縫隙很小，我可以體會那個女失的震驚與猶豫，我敢打賭，學長絕對不可能跟她提起我，不是說我們分手了、就是連提都沒提過，一副活像他根本單身的樣子。

探身而出的女孩看起來很驚愕，她跟我一樣臉上也掛著淚水，但唯有被愛的那方，才會是惹人憐愛的那個。

「不不，小可，妳聽我解釋！」學長毫不猶豫的回身了，「我跟她已經一陣子沒有聯絡，我們只是還沒有正式提出分手，這是冷淡期……」

我真是不想聽學長在廢話什麼，我當然可以把他的留言播放出來，再冷漠，至少還有北鼻，敷衍的我很想妳，或是聖誕節就可以見面了叭啦叭啦。

我幹嘛傷害那個女生？有問題的是學長，不該是那個一臉震驚的女孩。

她只是想談場戀愛而已，她只是愛上了學長，剛好愛上一個有女友卻沒告訴他的傢伙而已。

想被愛與愛人，究竟有什麼錯？我也沒有錯啊，講難聽點學長也只是喜歡上了別人而已，他錯在沒跟我談分手就劈腿吧。

但絕對不是錯在愛上別人。

我不想當那種婊子，女孩都是期待被愛的那個，我不想傷害她。

「喂！」我突然中氣十足的大吼，「那個傢伙我不要了，送妳吧！」

停車場的風很大，但依然壓不過我的聲音，李念宸說過，我一向是個大嗓門，我忍著鼻酸抬起頭，做出一種宣告的姿態。

而且是很帥的姿態。

轉身、離開，連再見都不必說，我腦子其實都要炸了，我很想尖叫大哭，但是我才不要在學長跟其他人面前哭。

我有家啊，回家再哭就好了對吧？

我走向李念宸，他雙手插在口袋裡，用一種不屑的眼神瞧著我搖頭。

「幹嘛？」我還沒走近就用嘴型唸著。

「妳該照照鏡子看看妳現在多醜，要哭不哭的模樣。」他挑了眉，「這樣喊一喊就能消氣了？」

「不然呢？」我直接疾步掠過他身邊，我只想離開這邊，越遠越好、越快越好。

「……小萱！小萱對不起！」

身後傳來碎步聲與聽起來痛苦的道歉，不知道為什麼，我聽見學長的道歉就有一股無名火湧上。

「事情都搞成這樣了，也不怕更糟吧？」李念宸居然沒動，訕訕的聲音聽起來也挺欠揍的，「不衝動的前提下，總得做點什麼消氣吧？」

我戛然止步，說得真好。

是，我不像剛剛那麼盛怒了！

我把拳頭從口袋裡拿出來，深吸了一口氣，倏地回首，毫不猶豫的直接衝向了學長！

學長為了跟我道歉而往前走，驚恐的臉看著朝他全速衝刺的我，他試圖後退，嘴型像是打算喊我的名字。

砰！我一個右勾拳，直接把學長打倒在地。

也打碎橫亙在我們之間的薄冰！

我們之間再也沒有連結點了，而且我很會游泳，絕對不會淹死！

「啊！」學長整個人摔上了地，我看著拳頭指節上的血，隨便就往衣服上抹了抹。

正眼看著車子邊一群瞠目結舌的人們，我又一次俐落轉身。

李念宸依然站在原地，右拳懸在半空中，等著我痛快擊上——幹！超爽的。

「髒不髒啊妳，血就這樣往衣服上抹？濕紙巾拿去。」

「你煩不煩啊你！」

□

我們又坐上了客運，車子在路上略微顛簸著，我望著窗外的景色飛掠，心有種被掏空的感覺。

我沒有辦法思考，腦袋一片空白，甚至有時會不懂自己為什麼坐在車上。

「好累……」我幽幽的吐出兩個字，躺在椅背上，我真的有虛脫感。

「當然累啊，猜忌不安憤怒難過一口氣宣洩，應該累慘了吧。」李念宸的聲音好輕，「而且還見證了自己被兵變，內心世界現在是處於大戰過後的遍體鱗傷，需要休養生息。」

「感謝你生動的形容喔！」我沒好氣的斜瞪著他，「你真的就是陪我下來，預防我想不開嗎？」

「不是。」李念宸飛快改口，「我很好奇妳的男朋友是怎樣的人。」

我皺眉，這理由超爛的，「無聊。」

「我完全無法想像誰會跟妳這種人交往？想想妳那滿佈陷阱的房間，灰塵十公分厚的桌子，還有數不清的菌株……」李念宸說得非常仔細，「再看看這沒有造型的頭髮，永遠T恤牛仔褲或七分運動褲的裝扮，嗓門雷公大，動作說話又粗魯……妳要知道，如果一個女生這樣就算了，如果她胸部……」

他邊說，一邊又很可憐的眼神看著我只有A罩杯的平胸。

「你現在是想被揍嗎？」我掄起右拳，哈了哈氣。

「所以我會好奇，妳男朋友到底是怎麼樣的男生！」他勾起冷笑，「今天看他的選擇就正確多了。」

「是啊……」我突然也笑了出來，當初是我倒追他的啊！

或許一開始就是我喜歡他，比他喜歡我來得多吧？

有人說過，在愛情中，誰愛得比較多就註定是弱勢的那方，我真的很喜歡學長，為了追求他費盡心思，所以他表示也喜歡我時，我簡直欣喜若狂。

愛情中沒有所謂的平等，總是應該多愛自己一些。

李念宸略直了身子，我卻開始覺得鼻酸，開始覺得自己愚蠢的想法湧現，最愚蠢的是……是……

「我如果今天不下來，我會自欺欺人多久？」我突然問向李念宸，「如果我不來，是不是可以繼續裝傻下去？」

「妳有這麼蠢嗎？」他用嫌惡的語氣說著，「而且我應該也會催妳下來吧？」

……我閉上眼，事到如今，我還在想這種「如果不要知道就好」的想法。學長摟著那女孩的肩頭、學長點她的鼻子，學長說的那是他們第一個聖誕時，我覺得我的心都要碎了。

心碎，折磨得我無法呼吸，像世界末日似的，但是它卻沒有聲音。淚水再度泉湧而出，在車上我不敢嚎啕大哭，我只能抓著李念宸的手臂，咬著唇隱忍哭泣。

「謝謝……謝謝你在我身邊。」我貼在他的肩上低語著，「感謝你的好奇……」

我沒有想像中的堅強，我今天最感到慶幸的就是身邊有個人陪著，而且是李念宸那個神經質潔癖龜毛男，但是又是極度冷靜的他。

「我對妳的一切，都感到很好奇。」

他的聲音很輕柔，大掌在我頭頂罩上來，溫熱的讓我感到溫暖，這只是給予我更多的依賴，讓我更加的崩潰。

脆弱時的依賴，就像在溺水時抓到的浮木，難以放手！

我貼著他的手臂低泣，頭上突然一陣包圍的暖意，我錯愕的用看不清的淚眼看向他，李念宸脫下了他的大頂棕色毛織帽，輕柔的戴上我的頭。

帽簷往下拉，可以遮去我的哭泣的雙眼與心碎的淚水。

啊啊，是啊，心碎怎麼可能沒有聲音？

聽見了嗎？那該是滴答滴答的聲音，都被帽子吸走了啊。

黃文誠是我的初戀，初戀總是最令人難忘又刻骨銘心的，不管是好是壞，都是一輩子難以忘懷的戀情。

因為那是這輩子，第一個愛上的人。

所以我癱在床上，宛如行屍走肉一般，失戀是很奇妙的事，大腦會自動過濾人生中或許更重要的事情，卻停留在過去，不停的回放過去發生的一切，喜怒哀樂甜蜜爭吵，甚至是我在房裡等待電話的片刻。

畫面不停地重播，不知道是要讓我記住；還是讓我忘卻的一個告別式，我只知道淚水因此流不完，我開始懷疑我會哭瞎。

最妙的是肚子突然都不餓了，整日只剩哭泣與睡覺，而回憶湧上時總伴隨著心被撕裂的痛苦，這真的太奇妙了，它明明仍在我體內跳動，可是卻總痛得讓我咬牙。

我手機應該是沒電了，店裡可能打了幾百通，我想徐玉娟跟許幀杰也是，丁惠如一定也焦急著，但是我現在除了等待痛楚減少外，我還不知道能做什麼。

外頭傳來說話聲，是李念宸的聲音，我沒很仔細的聽，沒有聽見女人的聲音。

叩叩叩。

我下意識的整個人跳起來，該死的敲門聲又來了，更可悲的是我居然神經反射地坐起來，外頭平常接著的下一句就是：「擦乾淨！」

「活著嗎?行屍走肉可以起來吃飯了。」

噢，吃飯，「我不餓。」

「不要逼我進去拖妳出來。」這聲音漸遠了，只是放大聲說。

「有種你進來啊！」我也提高分貝，「我——笑——你——不——敢——」

外頭沒了聲音，我想也知道他怎麼可能進來，勉強撐起身子，拖著腳步往外走去。

餐桌上擺了熟悉的披薩、燒烤、鹽酥雞跟東山鴨頭，滿滿一桌簡直像是在擺滿漢全席似的，我有點訝異，那塊披薩還是我店裡的。

「我也才一天沒吃東西而已，你餵豬啊？」我有點不可思議，「你是去哪搜集這麼多……平常吃的東西啊！」

「我哪有這麼勤勞？是妳那些講義氣的好朋友們。」他動手拿了片披薩，「不過既然妳吃不完，我可以幫忙吃一點。」

失戀會使人變笨……厚，我知道談戀愛也會。「誰？剛有人來？」

「我沒讓他們上來，就徐玉娟跟那個男的，還有那天在營區看見的女生。」李念宸一片披薩兩口吞掉，「嗯～這好吃！」

「咦？咦？」我這才反應過來的左顧右盼，「什麼叫你沒讓他們上來？你拿了食物就讓他們走？」

「嗯哼。」李念宸一臉理所當然，「妳這模樣能見客嗎？拜託！」

「我這模樣是哪裡礙到你……不是，我朋友來你怎麼可以趕他們走啦！」我焦急的衝進房間裡，手機呢？

一失戀腦子就不好使了，我居然無法在一秒內從我的垃圾堆中找到手機，翻了一輪才想到根本還擱在包包裡，打開來果真早就沒電了。

「拜託一下，妳現在需要的是安靜，他們來對妳沒有助益。」李念宸悻悻然的走到我門口，「我沒趕人啊，我只說妳需要靜一靜，請他們給妳時間。」

我忿忿回頭，「你幹嘛幫我決定！」

「因為應門的是我啊！」李念宸哼著歌兒又回頭，「快點來吃啦，妳的腸胃叫成那樣，吵死了。」

「我哪——」咕嚕。

我低頭看著自己不爭氣的肚子，居然打我臉？隨便拍了一下肚皮，插上充電線後，我的拇指硬是頓在開關上幾秒，最後選擇不開機。

很不情願的承認李念宸說得沒錯，我現在需要的不是幾打啤酒的歇斯底里，而是耍廢的窩在床上，等哭夠了發洩夠了，情況就會好轉；他們來陪我自然是好意，但是在他們面前我不一定放得開。

唉，無奈的回到桌邊，我不餓，但是肚子餓了，還是得吃。

「你很客氣吧？」我狐疑。

「我一直都很客氣。」李念宸挑了挑眉，「他們本來堅持要上樓啦，但我說妳狀況真的不好……好了之後妳會主動聯絡。」

「噢……」我咬著披薩，悶悶的，「謝謝。」

「我只是很怕妳就這樣跟床黏在一起，妳有看過伊藤潤二的漫畫嗎？有一集是房間長黴菌，人身上也跟著長黴菌，而且大家都生根似的纏在一起……」他說得煞有其事，我根本懶得理他。

「真要有那麼一天喔，你也逃不過啦！」

李念宸抓起一根薯條，眼尾瞄著我，「妳看得見我嗎？」

「什麼？」我嘴裡塞滿東西，他是在說什麼？

「妳眼睛腫得跟核桃一樣，臉像紅龜粿，真是世界一絕。」李念宸邊說，居然立刻拿起手機往我這邊拍，還開閃光燈，「來笑一個！」

「李念宸！」我舉起鴨頭，趕緊遮臉，「你搞什麼東西啦！」

「超醜的！再拍一張……小姐，妳拿鴨頭更蠢好嗎！！」

「哇！我揍你喔！不要拍啦！」我一直閃，閃光燈卻閃個不停，氣得我逃離桌子，想上前奪下他手機。

「妳手那麼油不要碰我的手機！喂——好噁！」他邊喊，我直接用油膩的手抓住他的袖子，「啊——我袖子！」

「給我！把照片給我刪掉！」我粗暴的扯著他衣袖往下拉。

唰！幾乎是眨眼的瞬間，我根本不知道發生什麼事，李念宸突然轉到了我身後，雙手由後環抱住我的上臂，把我緊緊卡在他懷裡。

我的背正貼著他的身體，整個人被他的雙手圈住……等一下，這是、這是怎麼……

「看。」他左手握著手機，右手滑動著。「看看妳的醜樣子。」

呼……我忍不住鬆了一口氣，不是「環抱」！吳姚萱，妳腦子進水嗎？他怎麼可能對我做什麼環抱動作啦！只是要給我看照片啦！

才剛被一個男人甩了，現在居然在胡思亂想？

我低著頭，見他拍的照片，我看上去真的非常非常糟糕，蓬頭垢面不說，頭髮亂得可以，臉水腫得嚴重，眼睛……哇靠，我眼睛真的瞇成一條線了！

「看見自己多醜了嘛？」

他俯頸，又快貼上我的耳朵了。

「嗯……」我無從辯解。

「永遠不要為了別人糟蹋妳自己。」他溫溫的說著，「不值得。」

我略抬首，看著同時往下看的他，我們的距離如此的近，我的背貼著他，人在懷抱間，為了防止我亂動，他邊環著我還扣著我上臂，我的眼裡只看得見他的臉，他則再度用那雙令我心痛失速的眼凝睇著我。

我抿著唇，因為我的視線有點難控制。

「妳把自己搞成這樣時，他不會痛也不會悲傷，受傷的永遠只是妳自己。」他聲音變得比剛剛更輕了，眼神幾乎鎖著我不放，「這一點都不是我認識的女漢子。」

「知道了。」我微噘起嘴，「但還是好難受……」

「這是當然的，但我們可以漂亮一點難受。」他自然的重新看向手機，

「看，這張多自然！」

下一張是我雙手握著東山鴨頭，在臉前交叉雙臂，變成一個大X的蠢照，

雖然遮去了我的臉，但那個「東山鴨頭叉」真的太好笑了

「好白痴喔！哈哈哈哈！」我忍不住笑了起來，「這什麼鬼啦！」

「我把它放上FB好了。」他認真的開始作業。

「喂！不准！才說要我不要這麼蠢的！」他鬆開了我，手機舉得很高，

看起來真的在打卡啦！

「我又沒妳FB怕啥！」

「你有徐玉娟的！少唬我！」我再度抓著他袖子，大概已經被我弄髒了，

他沒有再多做掙扎。

突然間他停下動作，向左下睨著我。

「會笑了啊！」

「嗄？」我忍不住一陣尷尬，「煩耶！你還拍了多少啦！」

「秘密。」他把手機扔到右手，直接往屁股口袋裡放，左手粗魯的把我往餐桌另一端推，「去吃飯啦！」

我踉蹌的滑回餐桌吃東西，火眼金睛還是盯著他，「你不許放喔！」

他假裝沒聽見，開始叉鹽酥雞，「吃一吃，要記得收——」

「洗乾淨，桌子要用洗碗精擦不能留味道，潔癖男，我已經在這邊住三、個、月、了！」我沒好氣的打斷他。

「很好。」他自然的豎起大拇指往後一比，「然後我們來把聖誕佈置搞定吧。」

咦？我錯愕的跟著他比的方向看去，依然空無一物的聖誕樹，還有幾個牆面及我們的門板都還沒裝飾好，地上的袋子依舊……是啊，今天是聖誕節呢。

「今天是聖誕節啊……」我幽幽的望向那棵樹。

照理說，我跟學長今天應該要一起妝點我們的聖誕樹的，一個個掛上彩球、一個個繫上燈飾。

「總該做個結束吧。」他喝著飲料，說得自然。

「嗯。」我點點頭，是啊，是該做個結束。

劃上微笑，我依然要在聖誕節佈置聖誕樹，這是我跟學長的第三個聖誕節，也是分手後的第一個。

「我房間也有一棵聖誕樹跟裝飾品……你那什麼臉，全天下只有我知道東西在哪裡OK？」我深吸了一口氣，「我要把它們丟掉了。」

「為什麼要？」李念宸圓了眼，「妳應該要一起拿出來，家裡兩棵聖誕樹不錯啊。」

「你有病啊！我跟學長每年聖誕節都要親手佈置的樹，我留那個東西是要我觸景傷情啊！」我翻了個白眼，「你這種沒認真談過戀愛的人厚……不懂啦！」

「我懂啊。」李念宸聳了聳肩，「不然妳以為我那一大袋傢伙是哪來的？」

——吱？——我吸著珍珠的嘴停下了，忍不住看向對面的他。

他剛剛說了什麼？

「來吧，敬兩個都被兵變的人。」他滿不在乎的舉起飲料，「聖誕快樂！」

我愣愣的把杯子舉高，與之互擊，「聖誕快樂……」

什麼東西？兩個都被兵變的人、聖誕樹、聖誕裝飾——李念宸以前被兵變了嗎？

□

好想知道好想問，滿滿的疑問塞在我的腦子裡，似乎擠掉了一些失戀的自艾自憐，我現在回家只要看見李念宸，想的都是這件事。

聖誕節那晚，明明不餓的我在吃下兩包炸雞後突然食慾大開，幾乎把桌上的東西給吃乾抹淨才罷休，或許是真的餓壞了，或許這是一種利用暴食減輕痛苦的行為，反正吃會令人開心，總比繼續窩在床上當廢人強。

接著李念宸可憐我的大發善心，幫我清理廚餘跟餐桌，我負責洗東西他負責擦，合作無間又快速的把餐桌恢復成光可鑑人的狀態後，我們就動手佈置家裡。

高處的彩帶剩不多，他很快地黏貼完畢，接著我們合力處理聖誕樹，我真的把房間的聖誕樹跟彩球拖出來，李念宸真的口罩跟外套都穿了，我覺得我應該問他生日是幾號，下次買個防毒面具給他好了。

不過就是灰塵嘛拍一拍就消散在空氣中啦，又不會中毒！而且我都有用袋子裝好，裝飾品裡一朵香菇都沒長呢！

那晚我沒有太多心情抬槓，得先清理聖誕樹後再裝飾，這是這兩年來我第一次一個人……應該說是跟學長以外的人度過聖誕節；雖然跟往年一樣吃披薩零食鹽酥雞，打理著同一棵聖誕樹，只是人已不同。

點燈的那一剎那我忍不住哭了，不是那種悲慟的歇斯底里，僅僅默默淌淚。

斑爛的燈光閃爍，一樣的聖誕節、一樣的聖誕樹，但這次是告別。

在同一個節日裡開始與結束，我覺得挺好的。

爾後的連假結束後，我力圖振作，而且不振作也不行，期末考迫在眉睫，我已經因為學長搞糟了期中考，沒有太多叩達可以繼續搞砸。

朋友們當然都很擔心，而且連班上不熟的同學們也關心慰問，看來我成了茶餘飯後的最佳話題，八卦總是傳得很快，更別說我去店裡道歉時，店長不但沒開除我，還說我可以再休息幾天沒關係……

下課鐘響，我忍不住在位子上伸了一個懶腰……終於，這學期的課都結束了。

「吳姚萱！」隔壁的徐玉娟也在扭扭頸子，「妳晚上還要去打工喔？」

「當然啊，工作不會因為妳考試而暫停。」我無力的趴在桌上，「不過我還有幾個小時的空檔，要不要陪我先去吃晚餐？」

徐玉娟跟著歪頭看我，「妳冷靜得讓我好害怕！」

「我？我哪有冷靜？」我眨了眨眼，視線裡又出現另一顆歪著的頭。

「我們都很怕妳會……沮喪啦，或是哭得死去活來……」許幀杰皺著眉，「但是妳這幾天好正常。」

「唉唷，日子還是要過啊！」我直起身子，「當然還是會難過，但是我得生活、我要工作，還要準備考試。」

「欸，我們真的可以去陪妳的。」徐玉娟兩拳交疊，下巴再靠在上面，「妳孤單或難過時，我們都會在妳身邊。」

「陪我還是陪李念宸？」我挑眉，「徐玉娟，居心不良耶妳！」

「喔，怎麼可以這樣看我啦！我喜歡 Adam 學長，也是妳姊妹啊！」徐玉娟倒是不避諱，「可以一舉兩得的事幹嘛不做。」

「哼哼……還算老實。」

許幀杰站在徐玉娟桌前，臉倒是很臭，「拜託，我們就算想去陪吳姚萱，好像還得經過那傢伙同意咧。」

呃，氣氛好像有點不對啊，我想起前幾天的事，忙打圓場，「我那天狀況真的不好，他是為我好。」

「但至少也該讓妳自己說啊，而不是下樓開門接過東西就走。」許幀杰語氣明顯的激動起來。

徐玉娟朝我使眼色，表示他真的很不爽。

「我就狀況不好，那天連下床都有問題了，怎麼跟你們說？」我衝著他笑，「好啦別生氣！嚴格說起來他是二房東，還真的得他同意。」

「妳乾脆搬走好了啦！」許幀杰不知道在惱什麼，說著不經大腦的話，「他的態度真的讓人很賭爛！」

「別鬧啦！那天全世界只有他最瞭解我的情況！」我也嚴肅起來，不希望許幀杰以後看見李念宸就劍拔弩張的。

我話才說完，徐玉娟跟許幀杰同時看向我，那頸子擺動的速度快到太明顯……是怎樣？

「我聽妳同事說，是 Adam 陪妳下去找學長的？」徐玉娟瞇起眼，「怎麼不是我、不是許幀杰，居然是 Adam 學長？」

「我原本以為妳想一個人處理，我也沒說什麼……」許幀杰跟著拉開徐玉娟前座倚子坐下，「結果居然是他陪妳去？」

徐玉娟的眼神有點敵意，許幀杰的眼裡藏有怒氣，喂喂，不是說我不找他們，是事發突然啊！

我是在他面前失態的啊！

「那真的是意外！反正他講話很欠罵你們也知道，三兩下就看穿我的心事了，那天剛好學長說他聖誕不能回來……紀念日耶，我一回家就崩潰了。」我聳肩，「他就說要不直接殺下去看，就莫名其妙陪我下去了。」

「莫名其妙？」許幀杰感覺超不爽的耶，他比較莫名其妙吧？

「你們知道我那時都不正常了，又不安又難受，只想快點下去找學長，也沒多想……不過呢！」我忍不住勾起微笑，「我很感謝他陪著我，不然那種情況……我真不知道一個人該怎麼辦……」

「所以妳應該找我們的。」許幀杰接口，「我會一直陪著妳。」

我錯愕抬首，看著他帶有點惱怒的臉，微微一笑，「我知道，謝謝……」

徐玉娟瞥了許幀杰一眼，矛頭又指向我，「問題是 Adam 學長為什麼陪妳下去？這太離奇，你們根本是兩個世界的人好嗎？」

「我覺得他是怕我想不開，但嘴上說怕我失手幹掉學長……」我也不知道李念宸哪句話是真的，「反正最後說其實是好奇，他想知道學長是怎麼樣的人，怎麼會有人喜歡我！」

「他這樣說話？太過分了吧！」許幀杰突然發怒的擊向桌子。

「啊本來就是啊！」我自嘲著，「別忘了當初可是我倒追學長的喔！不然像我這樣的女生——」

「妳很好啊，哪裡不好了！」許幀杰今天不知道在氣什麼的，「我覺得妳很可愛很直爽很漂亮，不是只有長得美才叫正妹好嗎？」

連徐玉娟都轉過去瞪著許幀杰發傻，嘴都吃驚的張大，連我都忍不住唔哇的讚嘆。

「哇！謝謝耶！」我倒挺開心的，「謝謝你的讚美！」

許幀杰扯扯嘴角，別過了頭。

此時下堂課的學生陸陸續續走入了，我們趕緊收拾東西離開，我因為工作的關係，作息比較不正常，像今天晚上離打工還有兩小時的空檔，我就會先去吃飯，徐玉娟他們一般都會陪我。

我當然知道他們很擔心，但我暫時不打算讓他們到家裡來……因為我心情依然還是很差，只是日常表現必須維持正常，讓自己處在忙碌的狀態，就不會多想。

至於回到家裡後，那就是我的空間，我常會突然掉淚，每天睡前總是哭到睡著，但我可以自己窩在房裡療傷的話，誰也管不著。

說實在的，跟徐玉娟他們再好，他們來的話我也是得分神當他們是客人，尤其如果許幀杰來就沒辦法全窩在我房間，大家都在客廳的話，我要分的神就更多了。

另外，就是我不想在他們面前崩潰。

那種心痛如絞的嚎啕大哭就在家裡哭吧，扭曲的五官跟痛到不能呼吸的醜臉模樣，李念宸一個人看到就夠了，實在不需要再多一個。

失戀本來就是很私人的事，我也不是個輕易把弱點曝露給外人看的人嘛。

關係再好，也不代表需要把一切脆弱之處公開才叫朋友啊。

至於李念宸為什麼看得見……啊就衰啊，住在一起有什麼辦法？

「那晚上要我們去嗎？」邊走，徐玉娟還在問。

「不必啦，跨年完就是期末考了耶。」我歪了歪頭，「我們一起念書的結果都很差！」

「哈哈，效率超爛的！」徐玉娟深有同感，我們大一期中考就是一起念書，成果真的是慘不忍睹。

「那要不要去跨年？」徐玉娟下一個提議讓我眼珠子差點掉出來。

「喂，我剛剛才說跨完年就期末考耶！」

「可是有四天連假啊！」徐玉娟說得超理所當然，「我們就花兩天去就沒差，對不對，許幀杰！」

「啊啊？」許幀杰不知道在出什麼神，糊裡糊塗的被點名還一臉錯愕。

「跨年啊，我們去花東看日出！」徐玉娟堆滿微笑，「我們四個去迎接新年第一道曙光！」

「我們四個喔……」等等，我算了一下，「第四個誰？阿松？史考特？」

嘿，徐玉娟親暱的突然挽起我的手，這絕對是大警戒，我狐疑看著她，有話快說啊！

「找 Adam 學長。」她還朝我拋媚眼，拋個屁啊！

「為什麼找他？」這句話倒是我跟許幀杰異口同聲，我轉頭看向他時還握拳等擊拳，果然是兄弟有默契。

不過許幀杰不是很想跟我互擊似的，他最近真的怪怪的。

「妳說呢！」徐玉娟的目的昭然若揭，「我們四個一起去跨年啊，沒什麼不好吧？就當散散心嘛！」

她邊說，一邊看向許幀杰，想尋求支持似的。

找李念宸？這太奇怪了，如果說我們三個還有理，可以再找其他……厚，玉娟真的喜歡李念宸喔，她怎麼這麼執著啦，都快一個學期了耶！

「也對，可以找他一起。」許幀杰居然突然改變想法，「他也算跟大家認識，又是妳室友，然後徐玉娟……又喜歡他。」

徐玉娟點頭如搗蒜，「幫不幫姊妹啊！」

「什麼幫不幫，我現在心力交瘁好嗎？心都碎了，我哪有那個閒工夫幫妳成就戀情啦！」我說話一向很直接，現在幫徐玉娟追人，根本是在我傷口上撒鹽吧！

「所以我自己來啊！」徐玉娟朝著我眨眼，「妳就幫我約就好了，其他我自己來！」

我根本就不想，我沒有玩的興致，我應該要專心的準備期末考，然後忘掉跟學長有關的一切。

而且找李念宸真的太怪了，玉娟怎麼不死心咧！

「我考慮看看……李念宸我會去說，但是我不保證他會答應喔！」我只好把話撂在前頭。

「沒問題！看怎樣晚上LINE我。」徐玉娟用力挽著我的手，「姊妹萬歲。」

「萬妳個頭啦，李念宸碰不得的！」我無奈嘆氣，「妳應該跟我一起上班一星期，妳知道我多常遇到他的『女性朋友們』嗎？」

「嘿嘿，我有我的辦法，這妳就不懂啦！」瞧徐玉娟一臉自信滿滿的樣子，我也只能嘆息。

回頭看向許幀杰，他莫名其妙的心情也變好了。

「我們租機車，這樣行動也方便，我等等來處理民宿。」

「現在訂來得及嗎？」這是我煩惱的。

「總是有房間的啦！」徐玉娟一臉非去不可的樣子。

四個人一起去玩……我眉頭揪在一起，為什麼我有種像雙約會的感覺？

我跟李念宸，徐玉娟跟許幀杰……不對不對，玉娟怎麼會跟許幀杰湊對呢？一點都不像。

總不會徐玉娟跟李念宸，我跟許幀杰吧？啊哈哈哈哈！這個就太好笑了！

反正呢，我覺得李念宸不會答應的！那傢伙誰都不理，與人的距離都拉開十公尺的人，怎麼可能會答應不熟的人一起去跨什麼年呢？我根本用不著擔心對吧！

「好啊，那房間有著落了嗎？」

我石化的站在流理台邊，手上拿著的宵夜差點滑掉。

「這麼趕有計劃嗎？難道睡外面？」他塞到我身邊，用身體撞我，「借過，我要削水果。」

我右單腳跳跳跳的跳到旁邊，他剛剛說了什麼？好啊？好啊，這不該是李念宸回答的答案啊！

「你要去喔？」我不確定的再問了一次。

「嗯啊，妳、徐玉娟跟那個男生不是一起嗎？」他削著蘋果，動作俐落得很。

「對、對啦……我還在想要不要去……」

話還沒說完，他倏地轉過來看我，「要去。」

「喂，要考試了，你知道我最近根本無心上課。」我嘆了口氣，「而且現在也真沒心情……」

「就是心情不好才要去，新的一年看看日出，可以把晦氣逼走。」他胡謅得順理成章，「反正散心比悶在家裡好，我也不信妳在家裡能念多少書。」

「喂，少瞧不起人，我爆發力驚人好嗎？」什麼態度！

「妳要先有書桌吧？」他驀地逼近我，不懷好意的笑著，「妳連地板都沒有，能在哪裡念書啊？」

「閃開啦！」我扭身閃過他的逼近，手裡早握了盤子跟餐具往外走去。

「蘋果吃不吃？」

「幫我削就吃！」

「妳餓死好了。」

徐玉娟神乎其技的訂到了民宿，地理位置極其方便，附機車、還很便宜，讓我嚴重懷疑她早就訂好了，只是人員可以機動性更換而已；反正我們要找人一起去跨年也不難，所以先訂下來風險也不大。

畢竟我跟學長分手的事算半個意外，說不定徐玉娟本來就排我跟學長的位子，只是最後變成……唉。

人生嘛，計劃趕不上變化，像我壓根兒都沒料到李念宸居然會答應一起來一樣。

不是說過不要對徐玉娟出手嗎……嘖，問題是他沒出手，反而是玉娟積極得很。

我們第一天就直接殺到瑞穗、自強夜市，許幀杰載我、李念宸載徐玉娟，我這好姊妹可是仁至義盡囉，製造超多機會給她的。

「喔喔，炸彈蔥油餅！」徐玉娟遠遠的就看到了，「找地方停吧！」

在前面的他們先幫我們找到個位子，許幀杰趕緊停進去，他們則停在前面不遠處。

「好飽喔，我覺得一路都在吃……」許幀杰下車時，做出一副很撐的模樣。

「出來玩就是吃吃吃啊！」我其實也超飽的。「這樣下去會消化不良吧。」

「不舒服嗎？我有帶腸胃藥喔！」許幀杰趕緊看向我。

「沒啦！我哪有那麼容易不舒服！好啦，我們快去買！」

許幀杰往前看去，徐玉娟已經跟李念宸先衝到攤車旁邊排隊了，跨年遊客爆炸多，隊伍長得很呢！

「我們不急……」他不疾不徐，「給徐玉娟一點時間吧！」

「啊？」我看著在隊伍裡的李念宸他們，給徐玉娟時間啊……她看起來確實聊得正開心，可是……

李念宸回頭看向了我們這邊。

我不知道徐玉娟有沒有發現啦，一路上都是她在唱獨角戲，她聊得很開心，但那傢伙幾乎都沒回應她，所以其實他們之間的氣氛有點尷尬，我幾次試著化解，李念宸才勉強答腔。

「我問他們要不要喝飲料，我們去買好了。」許幀杰心情倒是不錯。

「欸，你沒有覺得李念宸不太想理玉娟嗎？」我喚住了他，「這樣下去好怪。氣氛有點僵，我們還是過去好了。」

「總是要讓她努力啊，她就很喜歡Adam啊。」許幀杰一點都不在意，「而且我不太想跟他聊天，我比較喜歡跟妳在一起。」

「廢話！我們都幾年的兄弟了！」我使勁往他手臂上一擊，「我知道他啦，他真的不太開心，大家出來玩要開開心心才對，搞得眉頭深鎖不行！」

我才往前走兩步，手臂突然被抓住！我錯愕的回首，許幀杰箝著我的手臂，眉間還皺出一條紋。

莫名其妙他不開心啥啊！

「我說過我不想當妳兄弟，不要一直打來打去的，妳是女生，我們怎麼會是兄弟！」許幀杰異常的嚴肅。

「噢……」我接不上現實，「所以？」

「我……我們……」許幀杰突然支吾其詞，數秒內剛剛的氣勢全就沒了，「就朋友，好朋友……」

「好哇，好朋友！」我鼓起腮幫子，什麼時候這麼計較稱呼了？

許幀杰還想說什麼，但眼神突然移動，越過了我往後看，立刻浮現厭惡感，我就不懂，他為什麼跟李念宸這麼不對盤？他們根本不認識啊！

轉回去，果然是李念宸來了。

「我要去買東西，之前做過功課在附近。」他劈頭就沒頭沒腦，「妳陪我去吧！」

「嗄？」我看向他遙遠的身後，「你把徐玉娟放在那邊排隊喔……許幀杰！許幀杰！你快去陪她啦！」

「我？」許幀杰一臉錯愕。

唉唷，我扯過他的外套往前推，「快點啊，我要半熟的啊！」

「噢！」許幀杰頻頻回首，好像不太甘願往前似的。

我怎麼覺得很不對勁啊，每件事都有微妙的詭異，我卻說不出癥結點。

才看著許幀杰的背影往徐玉娟那兒去，身後的李念宸直接雙手握著我肩頭，逼我轉了一百八十度回身，推著我往反方向去。

「煩喔？」我無奈嘆氣。

「妳也知道，還把我放在那裡？」李念宸沒好氣的唸著，「我是看在妳面子上……」

「就做個朋友啊，又不是不認識，平常就不煩！」我咕噥著。

「平常說不上幾句話，妳自己看她從火車上就黏到現在……吳姚萱，她是妳同學我不出手喔，我又不想傷她。」李念宸依舊箝著我肩頭，半推著往前，「但是她根本無視我的暗示。」

哇喔，良心發現喔，「我以為她如果主動點你就收了？」之前他是這樣說的啊。

「問題就卡在她不想當我炮友！」李念宸口吻還挺不情願的，「一開始的目的就不合了。」

我略轉頭瞟他，「你怎麼知道？」

「她想當個大方有趣的女孩，跟著我但是不會有過分的舉動，也沒有身體接觸的暗示……」他邊說，手超明顯的比向胸部。「她是真的喜歡我喔？」

「真的。」我乾脆的點頭，「她想當你女朋友。」

「不可能。」李念宸回得斬釘截鐵，往右看見一條巷子，立刻抓著我右拐。

那巷子裡什麼東西都沒有，我真懷疑他說要買東西根本是個幌子吧？

「給她機會啊，你真的不想好好談一段感情？玉娟是好女孩耶！」

「這跟她無關，我就是不想。」他淡漠的望著遠方，「家裡的聖誕佈置就是一個提醒。」

噢噢噢！關鍵字！我瞪圓雙眼看著他，要不要問？當初你兵變是發生什麼事？也是聖誕節嗎？這些聖誕樹跟裝飾物該不會也是你跟那個兵變前女友一起買的？還是……

滿腹的疑問轉著，但該死的我就是問不出口，

才剛失戀的女人就想八卦別人的過去，這太奇怪了！

「我話說在前頭，晚上可不許製造我們獨處的機會。」他突然警告般的瞪著我。

「瞪什麼啦，這又不是我能決定的？要是徐玉娟跟我挑明了說，然後許幀杰又把我拉開——」

「不可以。」李念宸直接打斷我的假設，「晚上我們來喝酒吧，不是要去自強夜市，買啤酒回來喝。。」

「唉……」我腦子都糾結了，「我要負擔我心理的壓力已經夠累了，我覺得這次出來玩反而更累了，徐玉娟就算了，我覺得連許幀杰都怪怪的。」

「他？他哪裡怪？」李念宸走出巷子口，直接再往右，敢情他要繞個方

形回去嗎？

我想半天不知道該怎麼說，哪裡怪？說不上來啊，我們都是一起活動的，可這次出來明顯的就分成兩邊，因為徐玉娟想親近李念宸，所以許幀杰跟著寡言，幾乎都只跟我互動而已。

這跟平常大家混在一起都不同，連吃飯時明明坐同桌，我都覺得好像是跟陌生人併桌似的。

「他不知道是為了玉娟，還是跟她吵架啊，都不太交談的，我們今天一整天都沒有平常那種打屁亂笑！」我覺得胸口有股悶氣，真不舒服，「都只跟我聊，走路也故意很慢，這樣一點意思都沒有！不像一票出來玩啊！」

悶！對啊，就悶吧！

「這沒什麼好奇怪的吧？意料中。」李念宸突然冷冷一笑，「這是千載難逢的機會，他哪能不把握？」

「會不會誇張了點？跨個年是多千載難逢？」

李念宸停下腳步，認真的看著我，然後用很機車的神情帶著笑搖頭，「妳喔，他也真可憐。」

「嗄？說中文吧老鬼！」

「難得可以跟喜歡的女生共乘一台機車還出來旅行，他巴不得我跟徐玉娟消失咧，還一起鬧？」李念宸曲起指節敲了我前額，「妳是失戀後神經燒壞了喔！」

大爺他說完就逕自往前走，一派閒散輕鬆自在……剛剛卻彷彿扔了個炸彈。

他剛剛說什麼來著？難得跟喜歡的女生出來還共乘一台機車？

許幀杰？我——我？

□

我好想用細菌汙染李念宸那個天殺的混帳。

拿紙巾在地上擦一圈，再往他的身上抹去好了，他應該會歇斯底里，以報下午亂說話之仇！都是他啦！下午說了不該說的，害我一整天面對許幀杰都再難輕鬆！

可惡！兄弟呢？我們是換帖的好兄弟啊！

搞得許幀杰只要靠近，我就會下意識的閃躲，他想獨處時我就跑去找徐玉娟聊天，我不得不破壞她期待的浪漫氛圍，她自己應該知道沒有那種東西啊！

大家一起說說笑笑不好嗎？

我超努力的裝白目，好不容易把氣氛炒了起來，至少沒有人硬要跟誰在一起，在夜市時大家找到共同話題後聊開，雖然很機車的是聊我跟學長的事……

丁惠如交代得真是透徹，關於我一拳揍下去的事。

「吳姚萱的拳很有力耶！」都已經到民宿了，大家還在說，「我大一時被她揍過一拳，她說只是好玩，結果我隔天瘀青！」

「許幀杰！可以了喔。」我冷冷地警告。

「我說真的啊，那時我就發現妳不同凡響！」許幀杰還在那邊豎起大拇指。

徐玉娟則一路笑得很誇張，「欸，你們房間比較大，到你們那邊去吃好了！我們先去放東西。」

「不——等等，不要！」我連忙喊停，「到我們房間吃，去他那間你們會瘋掉，不要忘記有潔癖男在。」

「我聽得到。」李念宸冷不防站在我身後，反正我也沒在鳥。

我抬起頭，往後仰的看著他，「就這樣，五分鐘後到我們這裡吧。」

開什麼玩笑，要是去他們那間，規矩一堆，等等累得半死搞不好還得用酒精擦地板，我瘋了嗎？

我可以跟殘渣睡在一起，沒有問題！

一進房的徐玉娟笑容立刻斂起，她看起來很疲憊，也沒跟我多說什麼，臭著一張臉就往廁所裡去；我沒多問，這種事少問為妙，只要她不要不爽的質問我，為什麼晚上要纏著他們聊天就好。

五分鐘後，男生們來敲門時，我瞧見她硬擠出了笑容。

她為了吸引李念宸的注意也是煞費苦心，感受到他的冷處理才會更疲憊吧？原因很簡單，因為之前是純粹的朋友、學長與學妹，但是玉娟現在展現了想要追他的用心，對於不想談感情的李念宸而言，牆自然瞬間築起。

我們房間空間很大，都是木板地，門邊距床有段距離，所以我們隨便拿了東西鋪在地上，來場「室內野餐」；嘴上說吃很撐的四個人，依然在夜市買了一大堆，尤其好多下酒菜，所以我們啤酒買了一打。

大家酒量都不是很好，但偏偏喝得挺凶的。

「吳姚萱！」許幀杰喝多話就變多，「妳喔……真的是……」

我挑眉，看著坐在斜對面的他，「我又怎樣了？」

「瞎！超瞎！」他握著酒瓶指向我，「黃文誠那種爛人，妳為什麼偏偏喜歡他！」

噢，真好，黃湯下肚就開始哪壺不開提哪壺了！我忍不住翻白眼，我好不容易沒想起學長的事，感謝他的提醒。

「許幀杰！」我身邊的徐玉娟出聲了，好姊妹就是不一樣！「你幹嘛提啦！她才剛被劈腿！」

呃，玉娟可能是為了阻止許幀杰，但我覺得隱約又中了一箭？

「早就該分手了！黃文誠對她本不好、他、他說過他喜歡可愛型的女生！要甜要可愛，卡哇伊才是他的菜！」許幀杰身子前傾，皺著粗眉看向我，「他根本就不喜歡妳！」

哇喔，這幾句更傷人，但我相信學長有喜歡過我，我又不是白痴，怎麼會感受不到？只能說他喜歡我沒有我喜歡他的多，我們中間一旦出現更符合他條件的妹，他很容易就會放開我。

「一般男生都喜歡那種女孩啊，正妹啦、辣啦、不然就是要胸部大腿長！

如果顏值高更好！」徐玉娟居然邊點頭，「我聽學長跟別人說過，他覺得跟吳姚萱交往很有趣，只是如果妳能更像個女人就好了！」

「我是女人啊！」我倒委屈了，「可以不要講我嗎？有點傷耶！」

我正對面的李念宸沒喝酒，只是默默吃著燒烤，留意著喝茫的許幀杰會不會把瓶瓶罐罐給弄倒。

「分得好！像妳這麼好的女孩子，黃文誠根本配不上！」許幀杰伸直手臂指向我，「妳值得更好的！」

我苦笑，拿起啤酒跟他互擊，「這倒謝謝了！」

「真的！學長劈腿我們都不意外，爛就爛在不跟妳說，拖著妳……」徐玉娟勾起我的手，「還好妳發現了，分掉！他去喜歡的可愛妹，妳就趕快可以找妳的幸福！」

「呃，我是沒那麼急啦！」我被徐玉娟挽著手臂晃來晃去的，頭都暈了。

「要快啊！青春有限！現成的幸福就在妳面前，要好好掌握！」徐玉娟居然嚷了起來，右手一比劃，指向了對面。

我僵直身子，內心微驚，結果她指向了李念宸跟許幀杰中間。

「妳喝太多了。」我趕緊試圖把她推正身子，幸好許幀杰沒什麼反應。

噗……倒是他身邊的李念宸居然悶悶的竊笑，可惡的傢伙！

「眼睛要擦亮啊！吳小萱！」徐玉娟根本不讓我動，「有人對妳這麼好，妳要把握的！」

「……欸。」我轉著眼珠子，媽呀，不要再說了。

「誰？妳在說誰？」許幀杰突然一臉怒容的放下啤酒瓶，而且根本沒放好，酒瓶立即傾倒。

李念宸眼明手快地趕緊扶正，要不然就漫流一地了！只是他才剛扶穩，衣領瞬間被許幀杰揪了住。

「是你嗎？我就知道你不懷好意！」許幀杰粗暴的拽過李念宸，「不讓我們去看吳姚萱，還陪她下去你是什麼意思？我好不容易等到她跟學長分手了，為什麼要出現你！」

喂喂喂，在說什麼啊！我趕緊要把緊挽著我的手拉開，許幀杰真的醉了，發什麼瘋啊！

「放……」我跪在地上，趨前要把他拉開。

「放開他！你想對我的 Adam 學長做什麼！」結果我身邊的女人直接撲上去，準度還很差的撲了空，差點就要撲上滿地的食物了。

我趕緊抱住她，媽呀，酒精真可怕！

「什麼妳的 Adam 學長！叫他不許對我的吳姚萱出手！」

「我的？我的？哈哈哈，我怎麼管啊！學長根本不理我！」徐玉娟下一秒就哭了起來，沉重的身子掛在我臂彎上，但臉卻對著李念宸，「他好冷淡……他不喜歡我，他……」

「他對吳姚萱太好了！叫他滾！滾啊！」許幀杰似乎已經不認得他揪的領子是誰的，逕自對著徐玉娟喊著。

「我不知道……為什麼他不喜歡我？他到底喜歡怎樣的女生？」徐玉娟失控的開始痛哭失聲。

「他喜歡吳姚萱！他一定喜歡！」

「才不會！學長才不喜歡吳小萱那種類型的！她不像女生啊！」徐玉娟嗚嗚咽咽，「他喜歡很正的、很辣的……很……」

「我跟妳說，吳姚萱超級世界宇宙可愛的，誰說她不像女生，她喔……」許幀杰鬆開了手，整個人不穩的往後，是李念宸及時出手抵住他的後背，不讓他後腦勺撞上牆。

我雙手抱著的徐玉娟在哭，李念宸抵著的許幀杰在喃喃自語，我倆互看後不由得嘆了一口氣，不想聽、不該聽的也都聽見了，現在最重要的是處理這兩個兩瓶啤酒就掛點的人。

李念宸主導，他讓許幀杰好好的靠上牆，他果然順著牆側身滑下去，還在那邊喃喃自語；然後李念宸抓住我們墊在食物下的報紙，直接把整攤的食物拖走，好讓我能把徐玉娟就地放下。

「吳姚萱！」徐玉娟倏地抓住我的手，淚眼汪汪，「為什麼 Adam 不喜歡我？」

「就……因為他不想談感情啊！」這叫她怎麼回啦。

不過徐玉娟也只是嚷嚷，激動問完又軟了身子，我好好的把她放回地板，李念宸拿過了毯子，一人一件幫他們蓋上。

我單膝跪地轉身，他已經動手把未吃完的食物收妥，或封進塑膠袋或丟掉，總是得把這一地的東西處理一下。

我先拾起空瓶，再找了袋子充當垃圾袋，我們什麼話都沒說，房間裡也有兩個或罵或哭的人負責填充安靜，不停地說著話，也不知道是否清醒。

聽見許幀杰說喜歡我，我是真的很意外，李念宸說得還真準，我真不懂他到底是怎麼看出來的？

從學長的劈腿到許幀杰的喜歡，究竟是我神經太大條？還是他心思太細密？

只是我沒有開心的感覺，一來我還在失戀中，聖誕到跨年才不到一星期，我還在被劈腿的壓力下，二來……我真覺得我跟許幀杰是兄弟。

從大一開始就很合得來，我從沒用別的心態面對過他，我當然很喜歡他，但那是朋友的喜歡、兄弟的喜歡，絕對不是戀人。

我也不想變戀人……朋友與情人的界線一旦跨過，很多時候會回不去的。

而且現在我真沒心情談那個。

好不容易收拾乾淨，我到廁所洗淨油膩的雙手，房裡出現細微酣聲，許幀杰終於陷入了睡夢中。身旁的徐玉娟早就已睡去，臉上還掛著淚水。

走出廁所時，李念宸正在門邊穿鞋。

「你要去哪裡？」我用氣音說著，不會要把這兩個都丟給我吧！

他轉過來，大拇指往外比了比。

「把他們就放在這裡嗎？」我有點遲疑。

「他們都睡著了，妳要當保母嗎？」他說完直接就開門，「隨妳。」

呃……我看著地上睡得正沉的兩個，半掩的門……轉身抓過外套，的確是不需要當保母啦，但怕他們醒來擔心，我還是留張字條，告訴他們我跟李念宸出去了。

我沒帶鑰匙，因為李念宸有帶他們那間房的，至少有地方待；把門反鎖關妥後，回身看李念宸居然在牽車。

「要去哪裡啊？」我不敢太大聲，現在是半夜兩點，萬籟俱寂。

「我們是來幹嘛的？」他直接朝我扔來安全帽。

「哎！」我趕緊抱住接過安全帽，看著他跨上摩托車的身影，忍不住揚起笑容，我知道他為什麼不喝酒了，「我們是來看日出的。」

是啊，現在已經是一月一號的凌晨，我們不就是為了看今年第一道曙光才來花東跨年的嗎？

我跨坐上了機車後座，房裡的兩位只怕已經忘了此行目的，待日上三竿時都還醒不過來。

「抱好。」李念宸邊說，一邊扣著安全帽。

「嗄？」我雙手往後握著機車後的握把。

他回首抓過我的手往前，環住了他的身體，「抱好，這樣才安全。」

「咦咦？」我有點尷尬。「這樣很……」

「妳握後面，萬一有狀況不穩當，扶我手臂我會不自在，這樣子重心是最剛好的。」他轉動了引擎，「又不是叫妳女朋友抱。」

女朋友抱咧……他意思是沒叫我貼上他身體就是了，但是先生，依照我手部的長短跟他的精壯身材，很難不貼上啊！

機車呼嘯離開，按照我們原本的規劃，前往民宿距七星潭有一小時的距離，現在騎過去等待日出也差不多。

08

冬天的深夜真的很冷，加上花東地處空曠，冷風不停地刮在臉上凍人，我環抱著李念宸的手也越來越緊，即使他已經擋掉了大部分的風。

一路上我們誰也沒說話，我沒有睡意，現在竟是我這幾天以來最清醒的時刻，世界如此的安靜，我坐在後座環抱學長以外的男人，很難不憶起過去學長的一切，我也曾坐在他身後，更加緊窒的環抱著他，兩個人一起上山下海的玩。

那個後座，現在已經不是我的位置了，

曾經以為可以堅持到他當完兵、持續到我畢業後，只是這一切結束得太意外，我從未懷疑我的心，我知道我絕對不會兵變，所以我未曾考慮過戀情變調的可能性。

誰曉得戀愛跟騎車一樣，只有自己小心是沒有用的。

抵達目的地時，那邊已經不少人了，大家幾乎都是徹夜通宵等待日出，備妥糧食、遊戲，迎接新年的第一道曙光。

李念宸找到一處還不錯的位置，雖然有點偏，但問題是七星潭如此寬廣，又沒遮蔽物，哪兒都瞧得見，我們唯一要擔心的只有雲，不是人。

「喏。」他突然從口袋裡拿出一個東西，往我手裡塞。

「什……哇！」我趕緊握住，暖暖包耶，「好暖喔！」

「妳沒戴手套我倒是很意外，這什麼天氣？騎車沒準備的？」他從背包裡拿出個五公分見方的東西，拆開橡皮筋後唰的攤開，居然是一條野餐巾！

看著他好整以暇的鋪在地上，我內心由衷佩服……果然是潔癖男，連看日出的傢伙都配備得這麼齊全。

我們是在沙石上鋪設野餐巾，附近極為空曠，他拾了幾顆石頭壓住野餐巾的角落後便從容坐下，然後繼續從背包裡拿出熱水壺、零食、還有剛剛未吃完的食物。

「你是……」我瞠目結舌，「這是什麼時候裝的？」

他沒吭聲，逕自倒了一杯熱水，「先喝吧。」

「謝謝！」我也沒在客氣，趕緊接過，天曉得我真的很冷，「騎過來超凍的！」

杯子還沒就口，我就聞到了薑的氣味——這是薑茶？

「燙口也辣，妳喝慢一點。」他這才交代，拾過我放下的暖暖包，在自個兒手心搓了搓。

我也坐了下來，捧著熱水瓶蓋子喝著暖呼呼的薑茶，我身體其實很好，只是穿得太少又在冷風中飆了一小時，暫時被風吹凍，過一會兒就沒事了；現在有暖暖包跟薑茶，不得不說真的還是及時雨啊！

「你真的很細心耶，你認真起來，要攻陷女人實在太容易了！」我怕他誤會，趕緊再補充，「我是說感情上的攻陷，不是你平常那些女性朋友們。」

不過想想，他能有這麼多炮友也應該是有原因的吧？

「是嗎？」他冷笑著。

「你捕獲那些女生除了靠外表外，就是靠口才跟舉動吧？如果認真起來要找妹真的不是問題！」我偷瞄著他，「拿十分之一的認真對玉娟的話……」

「我對她沒興趣。」他回絕得直接，我話都還沒說完咧。

我努努鼻子，玉娟，我盡力了，感覺一提到妳，李念宸就不是很高興。

小口的喝著薑茶，沒多久身體的確就暖了起來，血液循環甚佳的我，也就不需要暖暖包了。

他接過杯蓋，用濕紙巾擦過後再蓋回去，看起來他完全不冷，沒喝薑茶，只是喝了幾口水後，就望著前方什麼都沒有的黑夜，氣氛變得很尷尬，有別於附近的嘈雜，我們這邊超級安靜。

「我也一直覺得我是個滿細心體貼的人。」李念宸幽幽開了口，「但我認真經營感情的下場不是很好。」

咦咦！來了！我忍不住吊著一口氣，可以問嗎可以問嗎？為什麼要一直引發我無盡好奇心！

「就你的……聖誕樹？」我俗辣，我不敢直接說：你是說你被兵變的事嗎？

「嗯，我去買的，打算一起佈置聖誕節，把家裡弄得像聖誕PARTY一樣，為此我還故意騙她說我聖誕節不能出來。」他笑著搖頭，充滿無奈，「妳知道，情人間沒事不要給驚喜，否則最後多半會得到驚嚇。」

「呃……你提早回去，該不會撞見了……」這梗很爛，但是卻總是在發生。

「就一般人想得到的那樣，我進門時他們是進行式……在我們的床上。」不知道是多久前的事，但他聲音很平靜，「我是真的很喜歡她，也很認真維繫我們的感情，我先休學去當兵的事她也很支持，結果新訓時她就跟同事在一起了。」

嗚，我們果然同是兵變淪落人啊！

「往好處想啦，至少你早發現？」我順便自嘲，這是唯一能想到的正面。

「是啊，我搬了東西就走，當天晚上就跟一個之前喜歡我的女生搞上了，那個女生也有男朋友，我便發現要誘惑她們並不難。」他重新抬起頭，「隔天我前女友離開，我也搬走，然後親手把新居佈置得美輪美奐，那些聖誕燈飾該是為我存在，不是為了她。」

所以，他每年聖誕節一定會佈置就是這個原因啊，曾經為了女友精心準備的禮物，後來反倒變成一個……傷痛？不，他說的，要為自己而燦爛，不要老想著為別人做些什麼。

但說到底，他還是記著那件事才會繼續佈置的啊！

「然後你就不談感情了喔？」

他又冷然挑起嘴角，「不值得。」

我望著他遙望遠方的側臉，第一次這麼認真看他，他其實長得真的不錯，只是現在看上去竟有點淒涼。

「因噎廢食。」

他微斂了笑容，轉過頭來瞅著我。

「我說的是實話，瞪了也沒用，就當一個經歷啊！」我沒閃避他的眼神，「難道我也要因為被學長劈腿了，以後就每天找男人玩嗎？」

「妳要找男人玩有一定的難度。」他蹙眉。

「喂！」我沒好氣的使勁推了他，「幹嘛動不動就人身攻擊！在說你啦，上次選錯了人，下次再選一個對的不就好了？」

「那妳以為我都在幹嘛？」他挑眉。

「嗄？你都在勾女人換炮友啊幹嘛！」我白眼翻到天外去了，「我目前為止都看見了啊？」

「妳為什麼不想想為什麼這麼容易勾到？」他饒富興味的笑著，「為什麼徐玉娟就沒被我勾上床？」

「因為——」我啊了一聲，吃驚的圓睜雙眼，「等等，你是說……」

「我說過，要誘惑她們很容易，製造浪漫氛圍、製造親暱，我帶回來的很多都有男友，為什麼這麼容易能跟我進房間？」他諷刺的笑著，「我說過，相信不變的感情真的太愚蠢，輕而易舉就能介入。」

「這太以偏概全了，你剛說到玉娟……她不就很認真的喜歡你，所以沒那麼容易被你拐嗎？」我噘嘴，「既然這樣，你為什麼不試試看。」

「因為她是妳朋友，我也不喜歡她，我不打算對她出手。」李念宸倒是坦白，「吳姚萱，我沒有對她出手，我相信只要我願意，說不定她也會——」

「那是因為她喜歡你！到我店裡、在樓下哭的女生，很多人都是因為喜歡你，所以才會想親近你的！」我分貝開始高昂，「是你沒拿真心對待人家，你一開始就抱持炮友的心情看待她們每個人，並沒有要認真——」

「我沒騙過她們，喜不喜歡是她們的事，別人喜歡我，我就一定要回應嗎？」他用平淡的口吻打斷我的話，「我只是看上眼，誘惑、製造浪漫，剩下的是她們自己的選擇。」

「才不是每個女生都這樣。」我哼的撇頭。

「是啊，總有例外。」他突然噗哧一笑，「就妳。」

「什……什麼我？」我瞠大雙目，「失敗個屁，你什麼時候誘惑我了？」

「有啊，妳剛搬來沒多久時，不是在廚房……」他還敢說，笑得一臉曖昧。

在廚房……畫面清楚湧現，在廚房時他差點貼上的身體，在後頸吹氣的酥麻感，還有那雙神秘吸人的眼神——對，那時他還說過，寂寞的女人很容易釣上手的！

「喂！那不是在鬧嗎？」我再度避開了眼神，我慶幸這兒昏暗無光，否則說不定我現在臉是紅的。

「一半一半吧，我只是想證明要釣女孩並不難。」他忽然朝我逼近，「妳那天都沒感覺嗎？」

「揍你的感覺嗎？」我緊皺起眉，口吻很凶，但是我不敢正眼瞧他！

幹嘛逼近啦！退退退退！

李念宸突然不再說話，我眼尾往旁邊偷瞄，發現他半回身在我左側，而且距離異常的近。

瞬也不瞬，凝睇著我。

「幹幹幹幹嘛？」我高聳雙肩，有點不安的往後縮了。

「妳為什麼逃避我的眼神？」他邊說，又逼近了些，差一點就親到我了！

「喂！」我忍不住低吼，整個人往後仰，「你不要逼我動手喔！剛剛許幀杰才說過，我出拳……」

剎那間，李念宸伸手到我背後，直接抵住我後仰的背……不對，是抵住了我的背，不讓我再往後躺！

咦？我僵直身子，感受著他竟把我推了回來！

幹什麼！太近了！我心跳開始狂加速，他為什麼老愛鬧我！而且雙眸鎖著我不放，我連閃都不能閃，只能看著我們之間曖昧的姿勢，還有他居然越來越近的臉……

我只看見他的唇了——

「李念宸……」我緊閉起雙眼，雙手下意識的抵住了他，「你不要鬧我啦！」

「我沒有。」他的聲音變得有些沙啞，近到我覺得我們之間只差兩公分了。

我的手掌再次貼著他的胸膛，好煩人的胸肌，我是女人都想捏下去——停，吳姚萱！妳的腦迴路想到哪裡去了！

「我是個剛被兵變劈腿甩掉的人，還在療傷好嗎？」我根本不敢睜開眼，「不要把我當成你平常看待的女孩，我跟其他女生不一樣啦！」

我是女漢子，我是偽娘啊！

「我知道。」他笑了起來，聲音隆隆，震動透過掌心傳來，「妳一向都跟其他女生不一樣。」

唔……說、又在說什麼啦！為什麼還不鬆開我！

「好啦！我粗魯、髒亂、邋遢、大嗓門，可以放開我了嗎？」我咬著唇，完全無法克制狂奔的心跳，「你這樣……真的很爛，我正在低潮期，你簡直是趁虛而入！」

我不能否認心跳會為李念宸加速，最可怕的是我現在正值情傷期，他只要認真的對我付出、多一點點體貼關心我，我很容易會陷進去的！

因為我本脆弱，女漢子的堅強外表下，正在哭泣啊！

五秒內，背上的手鬆開了，我跟前的男人離開，雙手抵著的熱度跟著消失，我悄悄睜開一隻眼，李念宸已從容不迫的坐回原來的位子，開始把滷味跟零食都打開，一副剛剛什麼都沒發生的模樣。

這也太從容了吧？鬧我這麼有趣嗎！

「我等一下說不定會失手把你推下去。」我超不爽的嘟起嘴，眉頭保證糾結成一團

「嗯哼。」他還敢應。

我曲著雙腳生悶氣，就他在那邊吃雞腳、啃鴨翅的暢快，附近的聲音越

來越小，凌晨四點時我肚子也開始抗議了，吃掉冰透的雞塊後，好像也忘了剛剛他鬧我的事。

「明天回去面對許幀杰讓我有點煩。」我發現我心裡CARE的是這件事。

「放心好了，他應該不記得晚上說了什麼。」李念宸滑著手機，「到現在都沒人醒哩。」

「但我記得啊！我不知道要怎麼面對他。」自從李念宸下午跟我說許幀杰好像喜歡我後，我就自在不起來了。

「當不知道啊，他只要沒明說，妳就要從容的當不知道。」他一副理所當然，「奇怪了，妳房間那個樣子妳都能視而不見了。」

「李念宸！」我抓起暖暖包就往他臉上K。「這哪裡一樣！」

「我覺得要像妳房間那樣比較困難吧！」李念宸帥氣接住，「如果是我，我連十秒鐘都待不下去。」

「死潔癖。」我的分貝剛剛好，保證只有他聽得見。

「邋遢女。」他鼻孔哼氣，轉身看向遠方變色的天空。

天空顏色開始變化，安靜的周遭也起了騷動，原本有些疲憊的睡意全消，所有人都目不轉睛的盯著天空，期待著日出時分。

日出一般速度都很快，得目不轉睛，通常前一刻天空還微亮，火球驟然躍出後，立刻就以高速爬升到天際。

我們沒打算錄影，就等太陽跳上去後，再拍張紀念照給徐玉娟他們炫耀一番。

「看見看見了！」我一邊跳，邊指向前方，「我看見一點點太陽了！」

雖有雲層，但超幸運的在日出時沒被擋住，一顆橘色的火球即將躍出，現場一片驚呼。

從露臉到升起，真的是眨眼間的工夫，金橘色的陽光瞬間灑上附近所有的雲層，金光燦燦，還是肉眼能直視的光芒，幾秒後陽光終於普照大地。

天亮了，今年的第一道曙光。

我有種被曙光補滿能量的感覺，今年應該沒有能阻礙我的事物了！哈哈哈！

「哇喔！」我雙手高舉，雀躍不已，一瞬間覺得心曠神怡！感受到臉上暖暖的，陽光照在我的臉上了，「真是太漂亮了！」

李念宸拿手機拍了一張剛跳出來的日出照，他也浸浴在金色的晨光當中，回頭笑看著我。

「新年快樂！」我對著他大聲說著！

李念宸望著我。

驀地彎身瞬間逼近，直接吻上了我的唇。

這一切快到我完全措手不及，我雙手甚至還高舉在在半空中做歡呼狀，唇上的濕熱讓我腦袋一片空白。

「不趁虛而入要趁什麼時候？許幀杰不也是？」他離開我的唇，衝著我勾起得意的笑容，「噢對了，新年快樂。」

什……他回身掠過我身邊，耳邊傳來他收拾東西的聲音。

這是什麼跟什麼啊啊啊！！

□

學期隨著期末考結束後，大學生紛紛開始進入寒假假期，大家幾乎都返鄉，所以學校附近的店家都會跟著放，沒有學生等於零生意；不過我待的是披薩店，狀況比較不同，雖在學校周邊，但是算靠近外頭的主要幹道，因此沒有跟著放假這種事。

過年甚至還有雙倍薪水，時間允許的人都會留下來；但也有人家裡不住北部，因此難得的假期希望回家，所以公司會招寒假短期工讀，以排班制補足人手不足的現象。

我就是那個排滿的傢伙，但是過年我還是選擇回家。

「嗨，吳姚萱！」我一進更衣室，丁惠如就熱情打招呼，「我聽說妳要待到除夕晚嗎？」

「那當然，至少賺一天雙倍。」我得意的挑挑眉，「妳要回去對吧？」

「嘿呀，我過年前就要回去了。」丁惠如家在外島，她一向都提早返鄉，「那個……」

「我很好。」我笑了起來，「不要擔心我。」

「妳太好了，反而讓我覺得有點怪！」丁惠如尷尬的笑著，「有事可以隨時找我們訴苦捏！不必一個人撐著。」

「放心，沒有什麼難關過不去，妳看期末考都結束了，事情也過去半個多月了不是嗎？」我從容更換衣服，「忙碌跟時間會淡化一切的。」

「那就好……」丁惠如關上櫃子，「那個……妳想知道——」

「不想。」我朝她扔出笑容，「我還不到能聽見他消息，卻無動於衷的時候。」

「好！」丁惠如豎起大拇指，「那我可以說妳那拳超正點的嗎？」

唉唷！我無力的拿頭撞向衣櫃門，那拳怎麼可以被傳頌這麼久！「拜託妳別再傳了。」

「我可沒有！」她無辜的搖搖頭，「欸，今天短期的好多人來應徵耶，店長要我們去看看。」

「我們？」我火速換好制服，「干我們什麼事？」

「看順不順眼吧？畢竟以後要共事。」丁惠如根本只是好奇，她寒假又不在！拉過了我，「大傻他們都跑去看了。」

喂喂，仗著學生走光沒人訂披薩，大家都閒了厚！

店長面試的地方在隔壁辦公室，廚房裡有一個小縫隙可以偷看，也可以偷聽。

「等一下，我回個LINE啦！」我讓丁惠如先去，我手機都還沒關靜音咧。

回什麼LINE？我根本是在等LINE。

滑開來，兄弟群組依然掛零，照理說他們要回家前都會留個話的，坐幾點的車閃人啦……唉，看著窄小到難得沒人的更衣間，我有些沉重。

跨年之後，看似什麼都沒變，其實什麼都變了。

我們返回民宿時，徐玉娟他們都醒了，知道我們去看日出後，玉娟非常的不高興，許幀杰則問我們為什麼不等他們、沒叫他們等等；我還想著怎麼讓氣氛好一點，李念宸直接就說出我們三個都喝酒，他們還喝到醉，是要怎麼去看日出？

除了他之外，誰都不能騎車，且他們兩個根本昏睡，當然是我跟他去看日出。

不過他們還是很不高興，有點難講理，一副我們跑去看日出等同於背叛，李念宸直接嗆了他們，昨晚自己說了什麼知不知道？

這句話讓他們都安靜下來，他們什麼都不記得，卻被這句話激得緊張，逼問我答案，我沒用的騙他們只是亂唱歌跟罵學長而已，還有玉娟對李念宸告白，但許幀杰說喜歡我的事，我一個字都沒提。

跨年當然是沒繼續玩下去，我們提早離開，最酷的是李念宸居然半句不吭就先離開，還傳了LINE叫徐玉娟不要把時間浪費在他身上，不是她不好，而是「妳不是我喜歡的類型」。

徐玉娟怎麼哭著回台北我就不想說了，連安慰都不行，我一碰她她就歇斯底里的尖叫，還把我推開，車廂裡所有人都行以注目禮，最後我默默的離開座位，到列車連結處站了三個小時回家。

除了期末考見面之外，我們誰都沒再說過話。

靠腰，只是去看日出而已耶！那不是我們原定計劃嗎？一開始就去花東跨年，就為了一起迎接新年第一道曙光的啊，又不是我灌醉他們的！

問題是，我原本以為至少我還有徐玉娟，卻因為李念宸那個……吻，搞亂了一切。

我很想回到過去大家都自在的時候，或是把許幀杰叫出來，在他前胸再搥一拳問他在娘炮什麼；但我已經做不到了，我知道他喜歡我，我恐懼面對他的情感，然後李念宸在我唇上留下的觸感，讓我無法坦然面對徐玉娟。

對！他們生氣有理，他們都沒猜錯，我們兩個一起去看日出，對他們而言就是有問題。

誰來告訴我，開心的道賀新年快樂，為什麼要親下去啊！

「吳姚萱！」才出去的丁惠如又衝回，「妳朋友也來應徵耶！」

「什麼？」我鎖上櫃門，「我哪個朋友？」

「那個叫許幀杰的男生啊！常跑來找妳那個！」

什麼?我飛快地往丁惠如那邊奔去，到廚房的小縫邊時，大家很好心的讓位給我。

房間裡只有許幀杰跟店長，店長都是一對一的面試，他正在自我介紹，說得眉飛色舞，他本來就是很開朗的人，看上去就勤奮認真，很少人不喜歡他。

但是，我卻一點都不想跟他共事。

「不管結果如何，我明天就會通知你。」店長起身，跟許幀杰握了手。

為什麼他要來這裡工作?許幀杰當然知道我在這裡，我能不能當成他只是想跟我這個好朋友在同個地方工作，賺過年錢呢?

我沒辦法，因為那天晚上我聽見了他的告白!

「我出去一下!」

不能再拖了，必須快刀斬亂麻，跟聖誕節那天一樣，想要答案、想給自己一刀痛快，就必須速戰速決!

我從員工入口奔出，繞了圈衝到前門，剛好趕上準備牽車的他!

「……吳姚萱?」許幀杰看上去有點訝異。

「我有事找你談。」我往裡面瞟去，櫃檯那邊已經站滿了看熱鬧的人，

「你剛去面試了對吧？」

「嗯。」許幀杰倒是不扭捏，「我記得你們寒假都會徵短期工讀，所以我……」

「你要跟我一起打工，都不說的喔？」我盡力的維持心平氣和，「跨年後你都沒跟我提過。」

許幀杰靜默了幾秒，「……我也是這兩天才決定的。」

「為什麼？你家在中部耶，我記得你應該要回去的。」

「沒啊，就想打工！看妳在這裡工作得很不錯，又難得只有寒假的短期……」

「你想跟我一起工作對吧？」我就這麼說出來了，「是不是因為你喜歡我。」

或許很多人會說我不該說，李念宸說過要裝不知道，這樣挑明只是讓情況變僵而已，而且對許幀杰而言，他從未跟我表示過，我這種衝動的做法只是徒增自己尷尬。

他只要笑笑說我自以為是，難堪的是我。

但我怕什麼？刮著冷風的那個停車場，我男友都摟著別的女孩要去過他們第一個聖誕節了，我已經沒有什麼好怕的了。

許幀杰顯得很震驚，他瞪大眼睛看著我，感覺像忘了呼吸一樣，動也不動。

「是。」好一會兒後，他也乾脆的回答了，「我喜歡妳……妳終於察覺了！」

「我沒有……跨年那晚你喝醉時說的。」我也誠實以告，必須不在意許幀杰的難看臉色，「該說的不該說的，你那晚都說了。」

許幀杰幾度欲言又止，張大的嘴道不出，「妳……我……我……那時就知道了？那妳為什麼沒說？妳、妳只說了徐玉娟對 Adam 告白——」

「你覺得為什麼？因為我不想破壞原本好好的一切。」我做了個深呼吸，「但是很困難……我還不知道怎麼面對你，但是你現在要跑來跟我一起工作的話，會對我造成困擾。」

許幀杰有幾秒的訝異，然後神情變得凝重，眉心漸蹙起，他聽懂了。

「對妳造成什麼困擾？」

「我當你是兄弟。」我平穩的，一字一字說著，「我不想破壞這份關係。」

「他媽的吳姚萱！我說過多少次了，我不想當妳兄弟！」瞬間，許幀杰就這樣爆炸了，「我喜歡妳很久了！」

是，他說過幾百次了，但我都沒放在心上過啊！

我有些難壓制激動的別過頭，我不知道該怎麼面對他，關係的崩壞幾乎就在眼前，而我愚鈍的之前完全沒有聽見碎裂音！

「對不起……」我只能這麼說，「我真的真的想繼續跟你做朋友。」

只想做朋友，不行嗎？

男女之間，真的不能有純友誼嗎？

「我好不容易等妳放開學長了，那個爛渣……妳為什麼不給我個機會？」許幀杰聲調略緩，「我們很 MATCH 的啊，我一直覺得我們可以試試看的！」

「我……我沒辦法把你當戀人啊！」我不是沒想過，但很難想像。

「妳又沒試怎麼知道？我們就只差一步！興趣、喜好、交情都這麼好，至少給我機會，讓我試試看。」許幀杰驀地往前一步，我沒有閃避，「我可以不來這邊打工，但妳要跟我約會。」

「這是威脅嗎？」我皺眉，口吻一不小心又變成女漢子了。

「不是，是請求。」許幀杰突然握住了我的手，我也沒有緊張的抽回，我們是勾肩搭背的交情啊，「就一次約會，妳把我當成男人。」
為什麼不試試看呢？我看著許幀杰真摯的雙眼想著，他說得沒錯，我們這麼麻吉，說不定把兄弟的想法拋開，會激發出什麼火花也不一定。
「我……才剛分手……」我真的覺得不應該太快。
「那不是重點，我等得夠久了。」許幀杰用力緊握我的手，「如果我夠好，就能讓妳忘記黃文誠給妳的傷害。」
我闔上雙眼，心底深處有個聲音喊著不可以不可以，但是我又想試試看。如果……他可以把那天日出，李念宸吻我的身影抹掉的話，好像也沒什麼不好。
「我後天排休。」我勾起笑容，「就試一次。」
許幀杰愣住了，他呆站在我面前超過五秒鐘，才突然意會過來的大叫，冷不防的就抱住了我！
「YES！YES！後天嗎！沒問題！」他開心的又叫又跳，再抓住我的肩頭大喊，「說好了喔！」
「說好了！」我往店裡看，「但你不能跟我一起工作。」
「好！沒問題！」他順著我的視線看去，「呃……怎麼這麼多人在看？」

「唷，很高興你注意到囉！你可以滾了！」我抓著他，把他轉了一百八十度，「我要去工作了，戲該落幕啦！」

許幀杰喜出望外的跨上機車，再三跟我確認，我也一再的保證不會爽約，他便滿意的離開啦。

呼！我鬆口氣，雙手扠腰轉向店裡，裡面的人立刻呈鳥獸散。

「妳喜歡他嗎？」丁惠如在揉麵團時問著我。

「喜歡啊，不然怎麼當兄弟這些年？」我撒著起司。

「不是兄弟的喜歡，是男女之間的喜歡啦！」丁惠如邊說，把麵團推過來。

「我就是不知道才要試試看啊！」我聳了聳肩，「妳說，我們平常就這麼好，從朋友變成戀人其實更棒吧！」

「是喔……」丁惠如若有所思，「我總覺得火花很重要，你們之間沒那種火花啊！」

我聽了皺眉，「什麼火花？」

「就是那種……啪！」她還有彈指，「一瞬間的火花，不管是心跳加速、或是臉紅或是害羞，總之，得有東西助燃嘛！」

我笑了起來，「看來我後天約會要帶汽油去了。」

「吳姚萱！」

就是不知道能不能有火花，才想跟許幀杰約會看看的嘛！說不定在某個瞬間，就會有那種心跳失速，腦袋一片空白的……

李念宸在我唇上殘留的溫度，為什麼到現在還不消失？

09

客廳的燈開著的。

我站在樓梯間，看著鐵門手握著鑰匙，內心無比沉重，我真想乾脆睡在門外算了，但我又不能拖太久，因為李念宸說不定正站在陽台上，萬一他剛好看到我回來，估計會計算上樓到進門為什麼花了這麼久時間？

我在逃避他。

連自己都不明白，我就是沒辦法面對他！一個跨年過去，我沒辦法像過去一樣坦率的面對我的朋友、我的室友，這他媽的是什麼爛年度！

被甩、被告白、被亂吻，接二連三發生，我是犯太歲了嗎我！

第一道曙光的威能瞬間消失殆盡了。

深呼吸，我做好心理準備，告訴自己要盡量自然，因為那傢伙根本像沒發生過任何事一樣，雖然回來後我們沒多少交集，但是見面時他都跟過去一樣，從容的讓我很想從後面助跑，再一腳踹向他。

進門，他正坐在沙發上看電視，眼神瞥了我一眼。

沒說話，我也逕自脫鞋往裡走去，隨便舉手當打招呼，沒上課的日子都提早吃過晚餐了，今天被許幀杰一攪和我也沒心情吃宵夜。

「今天比較晚。」他邊看電視邊問。

「噢，在店裡多待了一下。」我的房間就在沙發邊，要進門前被喚住，「丁惠如找我聊。」

「嗯。」他終於向左轉向我，「冰箱有買豆花，看妳要不要吃！」

我點點頭，眼神總是潛意識的閃開，先進房放東西。

李念宸真的是情場高手，他可以自若的吻了我，然後完全當沒事人一樣過日子，後來回民宿的爭吵他一個字都沒再跟我提過，沒解釋、沒提問，好像那天他根本不在場。

我當然不是希望他問，他要是問了只會徒增我壓力，但……正常人不是多少都會問一下嗎？

徐玉娟是否誤會了？生我的氣嗎？她對於我們兩個單獨去看日出聯想到什麼才不爽？許幀杰的無理取鬧結束了沒？那個吻有告訴他們嗎——停！我死都不會說，說給鬼聽啊！

夠了！不要庸人自擾了吳姚萱！

表現得跟平常一樣，我得跨過這個關卡啊……媽的，我真的覺得現在的情況比我被劈腿還煩！

走出房間，我橫過他面前一路直抵廚房，冰箱裡果然冰著一碗豆花，既然如此那我就不客氣啦！

抓過抹布當碗墊，省得等等又嫌東嫌西。

「欸，星期四去看電影要不要？」

在餐桌選擇面牆背對著廚房的位置，坐在我左斜後方沙發上的男人悠哉開口，我卻差點沒被花生噎死！

我倏地回頭看他，我的表情絕對驚悚。

李念宸視線從電視朝我移了幾度，「妳不是想去看限制級戰警2？它卡在期末考上映，妳星期四休假剛好可以去看啊！」

是、是啊……我心裡嚇一大跳，他怎麼知道我想去看那部？不，我之前有提過是吧？我記得只是在聊別件事時，我剛好滑FB時看見預告，就這麼隨口一句而已！

他居然記得！李念宸果然是個細心的傢伙！

好不容易把東西嚥下，我得整個身體往左後轉才好面對他。

「星期四喔……我有約了！」我是盯著我膝蓋說話的，沒種啊妳吳姚萱！

「有約？」李念宸動手把遙控器音量轉小，「滿意外的，我以為你們還沒和好。」

「吼！你也知道喔！」提到這件事我還是有點介意，「你就不去幫忙解釋一下？」

「沒有用也沒必要啊。」他一副滿不在乎的樣子，「我已經跟徐玉娟說明白了，有什麼好說的。」

「幹嘛拖我下水？」我低咒著，用力向右轉九十度回來吃我的冰涼豆花。

「所以是跟別的同學了？居然有人還沒回家，厲害！」

剛入口的豆花我卻嚐不到味道，是啊，現在沒打工的幾乎都回家了，期末考都結束幾天了是吧。

用嘴唇抿斷柔軟的豆花，我掙扎著，覺得不該騙他。

「我要跟許幀杰出去。」我沒敢轉過去看他，面對著是我的豆花。看不見他的表情，我會覺得舒坦些……事實證明這是愚蠢的想法，因為他的沉默簡直快殺死我了。

他關掉電視，我聽著腳步聲往我這邊走來，忍不住全身僵硬，不要過來不要過來，李念宸你現在過來的話，我會——左手邊的李念宸拉開椅子，直接坐了下來。

「他直說了嗎？」

我狠狠倒抽一口氣，這傢伙是在我店裡也裝了攝影機嗎？為什麼他什麼都知道！

「跨年那種氣氛下，回來你們又沒聯繫，妳這幾天都看著手機在嘆氣，我就知道還沒和好……結果現在莫名其妙要跟他出去，還沒有徐玉娟？」

「你怎麼知道沒有玉娟？」

「有徐玉娟的話，妳會說『跟徐玉娟他們出去』。」他瞅著我不放，「說吧，發生什麼事了？」

唉……我皺著眉往右邊的玄關瞟去，忍不住做鬼臉，為什麼他都猜得到啦！

「我們店裡寒假都會徵短期工讀補人手，他跑來應徵了，但是我不想跟他在同個地方工作，所以我直接問他是不是喜歡我。」我一股腦兒的全說了，

「結果他承認了。」

李念宸微張了嘴巴，顯得有一點點的訝異，但這份訝異看起來只持續了幾秒，接著就開始輕笑。

「妳真的很直接！他一定被嚇得不輕！」李念宸竟然一副忍著笑的模樣，「然後呢？星期四就要去約會了？」

「什麼約啦……就、就對啦！」我腦子根本一團亂，「他說我應該給他一次機會，說不定我們很適合什麼的！就試吧！」

「他也是心急，因為接下來放寒假了，如果他回家，等於失去了跟妳相處的機會，所以才想跟妳做同一份工作。」

唉，我只有嘆氣，繼續把豆花往嘴裡送，至少我已經先阻止他到披薩店打工，他要是真來工作，我是一定做不下去的。

「就這樣吧。」我幽幽的說，「他說得有理，不試怎麼知道……」

悄悄的，我偷看了李念宸一眼，卻發現他根本鎖著我不放。

幹嘛幹嘛！有什麼好看的啦！

「很公平，畢竟我們住在一起，他覺得失了先機，所以該給他機會嘗試。」李念宸緩緩點頭，「公平競爭……」

我舀起豆花的湯匙滑回碗裡，他是在練什麼肖話！

「什麼公平競爭，別鬧我啊，李念宸！」

「沒鬧妳啊，我不是說過要趁虛而入了嗎？」他很認真的拿指頭往唇上一壓，「要再吻一次嗎？」

唔！我嚇得舉起雙手摀住嘴唇，他是認真的？還是認真在鬧我的？

「你們搞得我好亂啊，到底在玩什麼把戲！」我是真的覺得煩躁，「我剛被劈腿、剛分手剛被甩，然後許幀杰說喜歡我就算了，我跟他兄弟幾年了——你？李念宸？你蹚什麼渾水啊？」

是嫌我人生太平淡嗎？

「就喜歡上妳了，不然怎麼辦？」他竟一臉無辜，「罪魁禍首說話還這麼大聲啊？」

「我？我？我？」我指著自己，忍不住揚高分貝，「我的天哪，你們是都瞎了嗎？為什麼會喜歡我啊！」

我每天出門照鏡子時，都知道這是最沒有女人味的女人了，短髮、T恤運動褲，還有肌肉與陽剛的線條，立體的五官，怎麼樣都是個氣概十足的女漢子啊！

「因為妳太特別了！」李念宸居然還立刻回答，「特別不像女生、特別粗魯、特別大條、特別邋遢、特別亂，打從妳搬進來後，我就不得不多費心力在妳身上！」

我瞠目結舌，「我、我聽不太出來哪段是讚美耶！」

「都是啊！我一直擔心妳把家裡弄得亂七八糟，我怕妳待在房間裡會生病，我聽著妳一個人對手機唱獨角戲，我也聽到妳在廚房裡嘆氣。」李念宸顯得很無奈，「沒辦法不注意妳，尤其在我知道妳根本被兵變還在等待的情況下，就像看到當年的我。」

我深吸了一口氣，「是差不多，只是我沒你遇到的這麼難堪。」

李念宸看到的是在床上與他人交纏的女友，我只是看見要去過聖誕節的學長。

「妳只是某部分像女漢子而已，直率爽朗，但內心終究還是個女人。」他泛起微笑，「一個很重感情、笨蠢呆的女人。」

我沒有閃開他的凝視，覺得他的讚美裡帶著點嘲笑，我自己也知道我的致命弱點在哪裡，就是太相信人了。

「是啊，非得親眼看到才願意相信。」我苦笑著，的確夠蠢了。

「但是，妳讓我想試著重新相信感情。」

突如其來的，他竟這麼說出來了！

我一時並沒有意會過來，只看見他專注凝視著的眼神，幾秒後才消化了那些驚人的字句……不想談戀愛、不想經營感情的人，居然說因為我想重新試試看？

我何德何能啊？我還是個戀愛失敗的傢伙耶！

「妳當然有選擇權，妳要相信妳雖然很男人婆，但妳的個性非常吸引人，喜歡妳的人就會很喜歡，許幀杰就是這樣。」他起了身，「既然他開始行動了，那我也不會太溫和，公平競爭。得使某些非常手段，妳才會知道該如何選擇。」

「等……等等！」我急著站起來，「你不要跟著攪和吧？我跟許幀杰只是出去看看，我的天哪，我分手才半個多月而已耶，總是得給我一個療傷時間吧？」

「為什麼要為不值得的人療傷？也行！」他趨前，「我可以陪妳療傷啊！」

「是誰失戀療傷要人陪的啦！而且你、你才……」我皺著眉看著李念宸，他又衝我笑，輕佻的嘴角，笑著的眼神……

不對！我覺得好像哪裡不對勁，他上次這樣笑的時候啊——

他俯頸而下，眨眼間又逼近了我！我已經學聰明了，我飛快地伸手抵擋，他該不會又想吻——

我真的伸手抵住他了！他的唇就在我的唇前一公分的距離，近……好近，他的唇色很亮，比粉紅再深一點，鼻息近到吹在我臉上，我的視線彷彿被釘住一般動彈不得，卻只盯著那唇瓣。

我在幹什麼啊……推、推開他啊！吳姚萱，妳要義正詞嚴的說你不要這樣輕浮，每一次都……都……李念宸整個人壓了下來，我的手竟沒辦法抵住他，取而代之的是閉起雙眼，感受著貼上的唇。

有別於跨年那天的用力貼上，今天的吻好輕，我的唇都是豆花跟冰，有些麻痺了知覺，但還是可以感受到他的溫柔還有炙熱感。

比跨年多了幾秒而已，李念宸很快地離開。

「我先睡了，吃飽記得桌子要擦乾淨，不要留水印，然後豆花很甜一定要確認沒有糖汁殘留。」

他在我面前叭啦叭啦，像是平常那個李念宸，可是說完大掌卻罩住我的頭，在我額上又烙下一個輕吻。

轉身就回房了。

他進房都不知道多久了，我還是只能站在原地，腦子裡徹頭徹尾的空白。

為什麼會發生這種事……這真的太不科學了吧……我頹然的跌回原來的位子上，一顆心差點跳出喉口……伸手壓著心窩，我的心在狂跳，抿起唇瓣，我會不會中風啊！

LINE 突然響起，我嚇得差點沒尖叫，挪了身子坐正，是許幀杰傳行程過來，星期四十點出發，要去哪邊玩等等。

說起來，許幀杰是個濃眉大眼的開朗男生，身材一流，也是人高馬大的，個性活潑，是個討人喜歡的類型。

這些人，到底怎麼會喜歡我啦！

我的天哪，按照順序，應該要讓我先忘掉學長啊——我埋首掌間，突然想起一件事。

我上次為學長哭泣是什麼時候的事了？

『現在進站的是……』

我坐在月台的椅子上，看著捷運走了一班又一班，聽見刺耳的響聲，門緩緩關上，我卻始終沒有踏入車子。

許幀杰跟我約在碧潭，我們沒有約在學校這站，是因為他上午有事要去辦，就順道直接過去，這樣也比較有約會的 FU。

但是早上我打開冰箱拿牛奶時，門上用磁鐵貼著便條紙，李念宸跟我說了看十二點的電影，票他先到會先買，約在電影院門口見。

這就是他說的「公平競爭」、「某些非常手段妳才會知道該如何選擇」？有沒有搞錯啊！我好好的一個休假，應該是要窩在房間裡打電動睡覺看影集睡到爽的，就這樣被你們搞僵了！

到底是要我怎樣！

做什麼選擇啊？八字都沒一撇我選擇什麼東西？許幀杰是兩年半的好朋友好麻吉好兄弟，興趣相投話題共鳴，我還不知道能否有丁惠如說的什麼火花，但今天不就是要去試試看嗎？

可是李念宸攪什麼局？他就是……不過是個二房東，是逼不得已走頭無路，才透過徐玉娟介紹住進那裡！人長得是還不錯，但個性很差啊，炮友一堆、神經質、潔癖男、龜毛、要求多，然後……然後卻……

卻在我最脆弱時，無條件的在我身邊。

他從不多話，一直以來都不多話，可是他太細心，什麼都不必說他卻幾乎什麼都知道，去面對學長的關鍵，也是他推我最後一把的；陪著我面對，借我肩膀、讓我選擇以佈置聖誕樹當一個紀念、做一個完整的結束。

這招其實很有用，隨著掛上每顆彩球，我有種心酸漸漸放下的感覺，至少我知道那一室的五彩斑斕，只為了我自己。

跟他。

李念宸說得其實沒有錯，要讓人心動並不難。

一個體貼的動作、一個迷人的微笑，甚至是一句輕柔的話語，都會令人怦然心動。

他第一次玩鬧式的挑逗時，我羞赧為多，心跳為之加速，唯一的心動在於望進他雙眼的那瞬間；第二次他在我頸上留下吻痕時，我震驚我錯愕，我的心動在隔天清晨梳洗時，看見頸上的草莓印時。

我狠狠朝學長揮拳，帥氣回身，握拳與他互擊的瞬間，心動了。

這份心動延續到在車上的心酸悲傷，延續到他為我戴上毛帽吸收悲傷，然後它被藏在了心底深處，每次他有什麼動作，這份心動就會若有似無的浮現。

所以我自己都不記得，我是從什麼時候開始不敢正眼看他的。

因為我知道，心動的感覺會讓我失去判斷力，雖然心動不代表會開始什麼，但是任何戀情的開始都必須始自於心動。

今年第一道晨曦中，落在唇上的吻是驚嚇是意外，但昨天晚上那個吻，是我自己沒有拒絕。

這樣子的話，該怎麼去面對許幀杰？

我連嘗試跟他走走看都沒有辦法，而且李念宸太卑鄙，我若真的跟許幀杰出去，十二點一到我就會完全無法專心，我會想到他是否在電影院前面等……會！他當然會，那傢伙就龜毛執著啊！

可是我能放下許幀杰嗎？不行！我跟他約好要出去玩的，我也說好要給他機會，把他扔下無疑是在傷害他，我是會傷害兄弟的人嗎？

李念宸明知道我多重感情，無論是友情或是情，我在意的人，我就通通重視。

所以我來到捷運站，但是我站不起來，往淡水跟往台北車站，兩班車在我面前身後交錯，我只能選一班，我卻一班都選擇不了。

好痛苦……我低下頭，我想尖叫我想大哭，為什麼事情會變成這樣？

「喂。」身邊冷不防坐下個女孩，肩膀在坐下時還撞了我一下。

我嚇得抬頭向右看，脫口而出就是對不起……「咦？」

是那天到樓下找李念宸，哭哭啼啼還害我被種草莓的那個女生。

「要回家？」她直視著前方，一副不想看我的樣子。

「呃，不是。」我平復心情。

「好像也是，妳沒帶行李……還在披薩店喔？」李念宸的女伴們幾乎都知道我在披薩店打工，因為她們都來過。

好處是都有買披薩。

「嗯。」我不想跟她多說太多，盯著她腳邊的行李，「妳要回去了喔！」

「是啊，十一點的火車。」她撩了撩挑染的頭髮，搽著正紅色的口紅，很好看，「妳跟 Adam 還好嗎？」

我差點滑掉手裡調靜音的手機，瞪大了眼看向她，「什麼還好嗎？就、就那樣啊！」

我是在做賊心虛什麼啊！人家可能只是問生活得如何？或是——啊啊啊

啊！

「妳沒跟他在一起嗎？」她下一句問得更讓我吐血。

「為、為什麼這樣問？我上次跟妳說了，我只是剛好缺房子住，住到妳那間而已……」打死我也不能洩露蛛絲馬跡！

女孩倏地轉過來面對我，「我聽說他跟大家都斷了。」

我沒吭聲，看著真的很漂亮的她，眨眨眼……斷了，是指那些「女性朋友」們嗎？

「他多久沒帶妹回去了？」她再問。

「多久……」我頓住，「我哪知道，我沒在算那個！」

也不必跟妳講吧，我心裡咕噥著。

不過經她提醒我才發現，其實好像很長一段時間都沒有看見正妹出沒，什麼時候……聖誕前？不，更早，好像是在十月底吧？至少我在家時都沒見過了，玄關也沒有別人的鞋子。

「我聽說他斷得乾乾淨淨，也有可能去找別的女生，結束關係的我們誰也不知道。」她面無表情的看著我，「我就在想，他應該是有在意的人了。」

「……哈、哈哈！」我乾笑著別過頭，大家都去當算命的好了！

在意的人，真的是我嗎？李念宸的前科累累，我不敢盡信之啊！
女孩突然間抓著我下巴，開始轉動我頸子，我嚇得連忙打掉她的手，幹嘛幹嘛啦！
「他上次在妳這裡留了吻痕。」她指著自己的左頸子，「這邊。」
「最……什麼他留的，妳怎麼知道不是我男朋友？」我敷衍著。
「妳男朋友不是在當兵嗎？然後妳被兵變了還揍他一拳？」她蹙著眉理所當然的說。
丁——惠——如——妳到底跟多少人說了？為什麼全世界都知道！
我覺得頭痛，因為我反應不快，實在想不到適當的藉口去圓吻痕的謊！
「他不留吻痕的，他說沒有必要在我們身上做記號。」女孩抬頭看著天空，「但是他卻覺得妳可以。」
「等——等一下，我覺得妳搞錯了什麼！」我連忙阻止她的幻想，「那天他是希望我騙妳說，我是他女朋友，所以才故意種顆草莓騙妳的！」
美女轉過來時，眼神流露著一種厭惡之情。
「妳真的是搞不懂對吧？」她的長髮開始飛揚，捷運進站，「至少他願意！」

「嗄？我為什麼需要搞得懂這個啊！」我忍不住大聲起來，絕對不是因心裡紛亂，而是因為捷運進站超吵的！

美女拎起行李起身，回首睨了我一眼。

「他對妳是一定有好感的，如果他還想玩，叫他 CALL 我喔！」她婀娜的走進車子裡，我看著車門關起，什麼跟什麼啊！

想起那顆莫名其妙的草莓，厚……仔細算來，我們明明什麼都不是，為什麼會有這麼多肢體接觸？抱也抱過、吻也吻過，馬的連草莓都種了！

什麼叫絕不在女生身上留草莓，為了趕那個妹走時，根本無所不用其極好嗎？宣示個頭，害我真的貼了 OK 繃去學校！

好啦，車子又走了，我背後的車子也進站了。

不管是前往李念宸、或是許幀杰方向的列車，我依然沒有踏入，仰天嘆息，是誰說學生生活單純的？

曾以為粗魯的我不會談戀愛，卻在認識學長後墜入愛河，拚了命的倒追他，或許真的如許幀杰說的，他沒有那麼喜歡我，所以我們之間有了距離、有了更符合他喜好的妹，我就被取代了。

然後突然間，跟我快兩年的兄弟說喜歡我、我那個炮友一堆的潔癖二房東也喜歡我。

人生怎麼會這麼複雜啊！

好！我終於站起身子，左右兩邊都是空蕩蕩，邁開步伐逕自朝出口離去。

我知道這樣對不起許幀杰，但懷抱著在意李念宸的心情跟他約會，這更對不住他；至於李念宸，逼我選擇這招太爛，他知道我不能同時選擇，所以必定會選一個，那就是在強迫我給出一個答案。

可是他沒想過，「不選」也是一種選擇。

我還沒準備好，所以我誰都不選。

學長還在我心底，兩年的情感不是那麼快就能淡忘，就算這幾個月來他的淡漠與無情都傷害了我，但我還是曾經很用心的愛他。

我沒辦法現在去思考下段戀情的事，也不想去處理我跟許幀杰之間的友情即將變調的狀況，我只想要回到過去的生活……我的神經，真的並非像海底電纜那麼粗。

對於我在意的人，我的感受比誰都深刻。

我傳了 LINE 給許幀杰，告訴他我還沒準備好的決定，至於李念宸，我沒有他的電話、沒他的 LINE，我只能回家把留言釘在冰箱上。

然後得找個地方躲，偏偏選擇不多。

「喂……」我感應出站，「玉娟，是我。」

10

「注意喔！要放了喔！」

外頭三合院從一大早就吵個沒完，表弟妹們鞭炮放個不停，幸好這附近也沒別的住戶，爺爺奶奶家的房子就在田中間，放眼望去都是咱們的地盤。

「喂！吳姚萱！早！」五堂哥從我身後走來，沒在客氣的重擊我的背，「等等要不要來打一場！」

「靠！不會小力一點喔！」我吃疼的撫著後背，「打就打，看我等等怎麼收拾你！」

過年我連休七天，初五開工後有短期工讀遞補，所以我能耗到初八再上工，整個家族照慣例回到爺爺奶奶家熱鬧一番。

「小萱啊！」阿嬤在廚房忙著，「稀飯厚？」

「厚！多謝阿嬤！」我屁股的手機震動，我拿起來瞄了眼。

一張性感的男人照片，肩上有雙摟著他的手，寫著『早安』。

哼，我冷笑，迅速的打著字：『筋骨很軟嘛，手不會扭到嗎？』

稀飯盛到了我面前，我趕緊把手機收起，「謝謝！」

「啊男朋友喔？」阿嬤笑得賊賊的。

「不系啦！室友啦！丟住我隔壁的！」我趕緊坐正，「大家都吃飽了吼？」

「謀啊，擱無龜欸郎還未甲。」阿嬤好奇的坐了下來，大事不好，「啊小萱啊，妳去年不系無一勒男朋友？」

「切啊啦！」我自然的回應！

「阿！系安怎？我看妳就尬意伊欸啊！」阿嬤對學長印象很好。

「丟……」我想還是不要跟阿嬤說太深了，「不那麼喜歡了。」

「厚……沒關係啦，妳還年輕！啊勾無尬意ㄟ郎啊嗎？」

我只是笑著，趕緊喝一大口稀飯，避開回答這個問題。

「阿嬤！小米想喝養樂多！」五堂哥在外頭邊喊邊跑進來，「他可以喝嗎？」

阿嬤連忙站起就往外走，「不行啦，他喝太多了！小米啊，你媽媽共厚……」

堂哥朝我挑了眉，一副我該感激涕零的樣子。

「謝謝啦！」我搖搖頭。

「分得好啊！超帥的！」堂哥拉了椅子就坐下，「砰！一拳下去，讓他知道我們家吳姚萱的拳頭多厲害！」

噗——我稀飯整個噴出來，瞠目結舌的看著五堂哥。

「我靠，為什麼你也知道！」

「好髒喔妳！吳姚萱妳很髒耶！」堂哥在那邊又叫又跳，「D卡那個是妳吧，有照片啊，雖然背影又很遠，但一看就知道是妳啦！」

「馬的，是誰貼的啦，我回去要滅口！」我緊握飽拳，不是丁惠如就是她男朋友……幹，該不會是李念宸吧？

「又沒關係，敢劈腿就是要給點教訓嘛！下次要踢爆他蛋蛋啦！」五堂哥完全讚揚之態，「敢劈我們吳姚萱，完全就是不要命了。」

「閉嘴啦！」我真是無地自容，家族到底多少人知道了。

屁股又震動，我拿起手機滑著，某張桌上擺了杯牛奶，空著的位子上還寫著我的名牌。

『這是在追思嗎？大過年的有必要這樣嗎先生？』

「唷，笑得好甜。」五堂哥眯起眼，「新的？」

我一怔，「是朋友在鬧啦！」

「是喔！笑這麼開心！」堂哥火眼金睛盯著我，「要不要哥幫妳介紹？」

「介紹什麼？你去哪兒找到喜歡我這型的？」我皺眉。

「不一定啊，妳認真打扮起來不錯的好嗎？我們家長相水準以上OK？」堂哥邊說還邊撥頭髮，真是個自戀鬼，「留長頭髮，化點淡妝，穿點女孩子的衣服，妳身材健美，穿個短褲……」

我大口塞進荷包蛋，「那就不是我啦！」

「人都是膚淺的好嗎？妳不正誰理妳啊，沒有外表，就連認識的機會都沒有啊！」五堂哥說得倒是挺有道理的，「妳先要吸引別人『想』認識妳，然後再讓對方喜歡真正的妳。」

我嚼著早餐，扯扯嘴角，「好了，膚淺的人你可以滾了，我吃飽就去打！」

「好！我去找人！」五堂哥往外就去吆喝球咖了。

我們家族陽盛陰衰，要打場球賽容易得很，這也就是我這麼女漢子的由來，畢竟從小就在男人堆中長大。

五堂哥說得不錯啊，要先讓人想認識我，總先有個開端，才有機會介紹真正的自己嘛！

我同意，但是……好像不需要這麼做，就已經有人看到真正的我了。

我不做選擇那天，回家留下字條給李念宸，告訴他我的決定，並貼上了我的LINE，希望約法三章，必須給我時間沉澱，我帶著兩天份的行李，到徐玉娟家避難。

徐玉娟並沒有氣我，但卻不否認沒辦法面對我，她聽了我在捷運站拉鋸的事後，說出了她最不爽的原因，就是因為覺得李念宸喜歡我。

明知道不是我的錯，但她就是無法釋懷。

因為我知道她喜歡李念宸很久了，也知道她的努力，結果他看起來對我更感興趣，偏偏我卻渾然無所覺。

為什麼大家都知道他喜歡我啊？他怎麼會喜歡我，真的因為我太邋遢？

那天玉娟是哭著說的，所以我覺得被吻的事最好永遠不要提。

姊妹還是姊妹，她說想了這幾天，經過考試的忙碌覺得舒坦了許多，畢竟只是單戀，還沒開始就結束的戀情，傷口不深；而且她覺得我面對的情況比較麻煩一點，許幀杰與李念宸，搞不定我會失去一個兄弟外加一個朋友。

所以徐玉娟義氣相挺，出面幫我應付許幀杰，我來處理李念宸，結果潔癖男意外的乾脆，他隔天就回家了，說開學前才會回學校，我快住回來比較自在。

反而許幀杰有點痲煩，他氣惱不爽，覺得我不該放他鴿子，徐玉娟解釋那天我的心態、也勸了半天，他卻直接收拾行李回家，一直到大年初一才給我拜年LINE。

不管怎樣，至少現在狀況回到一個微妙的平衡，大家都沒吵架、大家都很好，我也正常的在過我的生活。

昨天初三打牌時，收到學長的拜年訊息，還有一些道歉話語，我以為我會難過或生氣，結果比我想像的平靜，我點開來快速瞄了一眼，回他一句新年快樂，好好加油，然後我就自摸了！

我對他好像已經不再那麼介意。

而寒假至今一有空閒，就會跟李念宸聊一下，過年時更視訊介紹我爺爺家的環境景致，對話跟在學校時一樣，沒有什麼特殊的改變。

只是，我開始會等他的訊息。

「防守！吳姚萱！」

運球繞過堂弟，上籃得分！「喔喔喔喔！」

「有沒有搞錯啊！你高吳姚萱一個頭，你擋不下她？」大堂哥衝堂弟發火，「球場上不論輩分的啊！」

「論拳頭啊！」堂弟嚷著，「她揍我，我卻不能揍她！」

「誰會揍你啊！」我掄起拳頭，欠揍喔！

「堂姊這麼凶，怎麼找得到新男友啦！」堂弟吐著舌，「超不像女人的！」

二話不說，我直接拿球K向堂弟，正中目標！

這群人真是有眼不識泰山，我這種人同時還有兩個人追耶，開什麼玩笑……女漢子也是有人喜歡的好嗎？

不過還是別說太多的好，看我這群堂兄弟們，唉，嘴一個比一個賤的咧！再兩天就要回去了，下星期一新學期展開，上個學期所有阿雜的事情，都應該要煙消雲散了。

夜裡，全家在外面點放蝴蝶炮，我坐在門檻上，地上冒著火樹銀花，全家族人都拿板凳坐在外頭歡笑著。

鄉下的光害很少，雖然空曠、溫度較低風有點冷，但還是很美的。

我坐在門口，想起一月一日的凌晨，我跟李念宸坐在山上等待日出的情景。

我拿出手機照向第二個施放的蝴蝶炮，他應該會喜歡。

「萱姊！」小學的表妹拿著仙女棒過來，「一起跳舞！」

「好哇！」我拉著小表妹揮舞著仙女棒，整個院子裡都是煙火，五彩繽紛的。

像我們那個還掛著聖誕吊飾的家。

我，想見李念宸。

好想見他。

從他回家後，我們之間的聯繫便依靠著LINE，明明覺得沒什麼變化，但我們事實上在分享著喜怒哀樂；他用在「女性朋友」身上的伎倆沒用在我身上，說話還是很機車，動不動就警告我千萬不要把整個家弄得跟我房間一樣，我還得定時拍照回報。

相隔很遠，但卻像還是住在一起，只是他沒有實體，偶爾視訊而已。

這真的很奇妙，有時靜下來時，我會覺得這原本像是學長去當兵時，我曾勾勒的想法。

結果現在卻發生在我隔壁室友身上。

當我穿過狹窄陰暗的小巷，一顆心便忐忑著，走出巷口的瞬間抬首，看見二樓的燈是亮著的。

我笑了起來，那是打從心底無法克制的笑容，他回來了！

三步併作兩步的往門口奔去，手裡緊握著鑰匙，但突然冒出的人影卻讓我嚇了一跳。

「……」我的笑容僵在嘴角，「許幀杰……」

許幀杰有點尷尬看著我，「嗨……我、我問了妳店裡……」

丁惠如……我應該要跟她交代一下的。「沒關係！過年好嗎？」

他點點頭，從我爽約的那天開始至今，我們之間只有那個「新年快樂」。

「我就是……我很抱歉之前的事，我可能是期待太高，所以……」

「是我不好，我讓你有所期待，但事實上我什麼決定都做不出來。」我笑了笑，「我知道我讓你失望了。」

「不不不！不要這麼說！」他趕緊上前一步，試圖想握我的手，但很遺憾我兩手都拎著東西，背後還揹著背包呢，「那個……我就是想說要開學了，知道妳今天回來，想先來找妳。」

「找我什麼事呢？」

許幀杰深吸了一口氣，他很緊張，也很明顯的在調整呼吸，而我看著他，才一個多月，我卻沒有一個月前那種掙扎或是不安了。

「我想，那天的約定，什麼時候再重來一次。」他望著我，一字一句的說著，「我們之間……」

「你還是喜歡我嗎？」我直接問了，這件事不能再拖下去。

「是。」許幀杰肯定的點頭，「說好的，無論如何要給我一次機會，看我們之間是否會有火花。」

我一點都不緊張，也不再有絲毫的壓力，現在面對著許幀杰，我平靜得無以復加。

「如果……假設最後沒有呢？」我把醜話說在前頭。「我們還能做回朋友嗎？」

許幀杰驚愕的看著我，有些緊張，幾度想說什麼，但是卻又把話吞了回去，「我、我不知道，為什麼要先假設這個。」

「因為我們不能確定結果啊！」我微微頷首，「答應你的我就會做到，我明天就有空，我們可以排明天出去。」

「真的嗎？」許幀杰喜出望外的雙眼發著亮，「那說好……」

「這次我不會爽約。」我肯定說著。

因為我已經不再掙扎了。

「那好！明天……十點在捷運站見，還是我來接妳？」他口吻裡滿懷希望。

「好哇，你來接我。」

「好，那明天見！」

「回去小心！」我回身，要送他先走。

許幀杰興高采烈的道別，一邊走一邊回頭，我真怕他會不小心撞上石牆。

我不能道破，因為不給他機會，他不會甘願！就像他說的，沒試過怎麼知道我們不適合？

所以一定要跟他出去一次。

拎著大包小包走上二樓前，鐵門已經開了，又有人在陽台偷看了。

「沒手！」我在門外喊著，我連扳開木門的手都沒有。

裡面的人開了門，李念宸跟一個月前沒差多少……廢話。

「想不到都住在一起，竟還有人比我手腳快。」他很認真的抱怨，「我是不是應該直接去車站接妳？」

「對。」我深表同意的，把手上的東西全往地上扔。

「喂！我才剛擦好地！」後面果然又在嚷嚷，我都當馬耳東風，直接走進我房間，把背包什麼的一一扔上地板。

急促的腳步聲由後跟上，李念宸用一種觀看驚悚片的心態，再度卡在我房門口。

「我的天哪，妳完全沒有整理過的跡象！」他一臉恐懼，「這該不會是從我回家後到現在吧？」

「是從我回家開始算吧！不過我之前也都沒整理過就是了。」我把肩包往地上扔，「你房間這麼久沒整理還不是灰塵一堆？」

「那不一樣，至少我基本是乾淨的，妳這是……」他指向我書桌邊，「那堆東西從妳搬來開始就長這樣了吧。」

「是啊，換位置我會找不到。」我扯下圍巾跟外套，往床邊掛，「我明天要跟許幀杰出去喔，履行上次的爽約。」

他的笑容瞬間凝在嘴角，好一會兒才：「喔。」

我們之間突然靜了下來，我站在床邊向右看，他雙手都撐著我的門框，看著我的眼神有些複雜。

想見他的心情沒有停歇過，在進門的那刻得到了滿足。

早知道自己在意他，只是我希望能夠真正全心全意的待他，心要空了，才能再裝進下一個人。

我不是那種用別人來療傷的人，這對他或是許帧杰都不公平。

對李念宸的心動與好感一直比較多，整個寒假裡的聯繫只是拉近我們的距離，只要他是認真的，我們之間就只差一句話了。

至於許帧杰，兄弟就是兄弟啊！

我放下所有東西，轉身逕自走到窗前，那是房間距門口最長的距離，轉過身背靠在窗邊的四層櫃上，門邊的李念宸就在我十一點鐘方向。

我泛起淡淡的笑容，不再逃避他的凝視，相反的，我其實很想看他。

「上一次我主動走向一個男人，結果不是很理想。」我聳了肩，「這會帶給我一點陰影，猶豫著要不要再走一次。」

李念宸緩緩站直身子，瞇起的眼睛告訴我他聽懂我的言外之意。

他笑了起來，那上挑的鳳眼含著光芒。

「別人會猶豫就算了，妳這種女漢子也會有陰影我會質疑。」他挑起一邊嘴角，「我應該先求那個男人的心理陰影面積才對。」

我冷哼，倨傲的抬起頭，我跟他之間不過幾步距離，只是幾步「看不到地板」的路。

我的態度很明顯，離開或走過來，決定我們從今以後的關係。

室友，或是彼此都試著更進一步。

李念宸看著我房裡的地板，嘆了口氣，「妳知道……正常人都不會走進病毒室的，就不能選別的地方嗎？」

我挑高了眉，「我愛玩爛梗。」

「那好歹給我一個充分的理由，讓我甘願冒著生命危險走進去。」

還生命危險咧，我在這裡活一年了還不是生龍活虎？當然，我知道對潔癖男來說，光站在房門口呼吸到裡面的空氣，他可能都會受不了了，更遑論走進來。

我臉頰發熱的嘴角掩不住笑，臉頰篤定通紅，逼我說肉麻的話有什麼難的嘛！就算是女漢子，遇上真心喜歡的人叫我當偽娘也沒問題。

「我啊，一直好想見你。」

我堆滿笑容，閃閃發光的眼神看著他。

李念宸掙扎的做了好幾個深呼吸才邁開步伐，彷彿我房間真的是龍潭虎穴似的，讓他舉步維艱！

他小心翼翼的避開袋子、箱子，或是一些衣服，好不容易才走到我面前。

然後誇張的身子前傾，雙手分別撐住我靠著的櫃子，把我夾在中間。

「還冒汗啊，五度的天氣妳會不會扯了點？」

他微蹙眉，抬起眼神看向我，因為他雙掌撐著我身後的櫃子，這是另類的「櫃咚」，所以我離他很近……這本來就是他擅長的招數。

「嗨。」他聲音變得很輕。

「嗨。」我揚起頭，「一個多月了，你的想法還是沒變嗎？」

他笑著，眼神下移，側首便貼上了我的唇。

他總是這樣，從叩門叫人出去擦桌子、種草莓到吻人，從來都直接得令人措手不及。

只是今晚的吻有些不同，不再是那蜻蜓點水，也不僅僅只是四唇相貼，我輕輕抓住他的衣角，我們陶醉的品嚐彼此的柔軟。

撐著櫃緣的大掌貼上我的背，今夜的一切都變得比平常炙熱許多，不管是吻或是手，都讓人有種暖呼呼的幸福感。

吻從唇移到了頰畔，他溫柔的吻上額頭，然後是一個緊窒的擁抱。

這讓我的雙手也揪著他的衣角，改成環抱住了他精實的身體。

我想，我們彼此都會再一次試著相信愛情。

「我們可以先打掃妳的房間嗎？」

WELL，這不該是接吻後的第一句話。

「你想知道我打學長那一拳有多重嗎？」

□

熱鬧的校園裡一堆人抓著早餐在奔跑，也有人看著手機尋找教室，若是教室沒有更換的班級中，已經有許多人在裡頭閒聊哈啦，一個多月不見，同學們多的是寒假的事可以分享。

「早安啊！各位！」我跳進教室，「大家都還活著嗎！」

「去妳的！」幾個男生邊嚷著一邊朝我扔東西，「吳姚萱！我去玩帶回來的巧克力！」

我俐落接過，「哇靠，一人一盒喔，你也真大方！」

「很便宜啦，妳那一盒也才四顆！」同學說得真實在！

「謝啦！」我揚揚巧克力盒，走向幫我留位子的徐玉娟，「唷，新髮型！」

原本一頭長髮的徐玉娟直接剪去三千煩惱絲，還燙了小捲，整個人變得更加嬌媚，髮色也從深棕改成挑染灰紫。

「我覺得這樣比較好看耶！」開學第一天，她還化了妝，頗有新氣象之意。

「好看！」我由衷說著，拉開椅子坐下，第一件事是左顧右盼。

徐玉娟正咬著吐司，「別看了，他不會來的！」

「咦？」我一怔。

「所有共同課他都排掉了，調到隔壁班去！應該暫時不想見到妳吧！」她滑開手機課表，「剩這幾堂一定會碰到的，妳不要白痴的去那邊跟他兄弟東兄弟西啊！」

我皺眉，最怕情況變成這樣。

「他完全不回我LINE，他這樣讓我很難做人。」我其實不太爽。

「他被甩了耶，大爺，妳要給他時間啊！不管他就好了。」徐玉娟比我泰然太多，「想通了自然會過來，想不通就拉倒。」

「什麼被甩，我們根本還沒開始……他這樣有點出我意料。」我沒好氣的扯著嘴角，「唉，友誼之線果然不能跨！」

「想跨過朋友的界線成為戀人是要擔風險的，他也知道，只是他沒辦法接受罷了——尤其妳跟 Adam 在一起。」徐玉娟說到這裡瞪向我，「妳居然真的跟 Adam？朋友這樣當的喔！」

我圓了雙眼，倒抽一口氣，「徐玉娟，我之前……就妳喜歡他的時候我可沒有怎樣喔！」

「知道，就是知道才不爽好嗎？真是莫名其妙！」她刻意誇張的打量我，「妳說，我比妳更像女人吧！」

「是是是，可愛嬌媚，我們玉娟最甜了！」我趕緊比讚，「但李念宸口味可能比較重。」

「也太重了啊！」她倏地抓著我逼近，「妳老實說，他有沒有說過為什麼開始喜歡妳的？」

我皺起眉心，這種問題回答出來真的就尷尬了……

「好像是因為我超髒亂又邋遢的……」

「吳姚萱。」

「他說的啊！欸，他很麻煩耶，我現在每天得固守我的城池，絕對不允許他進我房間碰我的東西！」提到這點頭就很痛，「他要是一打掃完，我什麼東西就找不著了！」

徐玉娟翻了白眼，完全不相信我說的話；鐘聲響起，走廊上開始出現奔跑聲。當老師從前門進來時，我瞥見熟悉的身影經過了窗邊。

啊，是了，這堂課ＡＢ兩班是同時段，只是分屬隔壁班。

那個曾經是我兄弟的背影沒有回頭，直接進入了隔壁班的後門。

我的確跟許幀杰出去約會，我早就知道我們之間不會有火花，但跟他在一起是輕鬆愉快的，就跟平常一樣，我們就是好兄弟，無法再進展，經過一天的約會我更加確定。

他送我到樓下，靦腆的笑著說他今天很開心，然後在他想吻我前，我親口告訴他：我希望我們永遠都是好兄弟。

然後我就只看見他離去的背影，一如剛剛經過窗邊的身影一樣。

過去我不懂為什麼有人說愛情跟友情不能兼顧，我總是認為不可能有這種事，因為我過去跟學長交往時，我的社交圈還是很活絡。

那是因為我沒有算到我的友情會想變成愛情。

人生永遠都在選擇，許幀杰選擇離開了我，離開我們的友情，我並沒有因為選擇李念宸而捨棄我們的友情啊。

選擇後或許會伴隨著無奈，這是大家都該承擔的。

看著隔壁邊吃早餐一邊抄筆記的徐玉娟，幸好，我還有個明理的姊妹。

「今晚要打工嗎？要不要去吃鍋？」她壓低聲音說著，「我有折價券。」

「不行，晚上跟李念宸有約。」我搖搖頭。

「嘖！」徐玉娟立刻嗤之以鼻，「見色忘友喔！」

「什麼啦！我早跟他約好的啦！我們約星期五！」我吳姚萱豈是見色忘友之輩！

她努了努嘴，「晚上去哪約會？」

「在家啊。」我揚起了微笑，「我們晚上要把聖誕裝飾拆掉。」

再一次，合力的將那滿屋繽紛的聖誕吊飾與彩帶拆下、收起，期待下一個聖誕節。

一起佈置它們。

我們兩個的聖誕節。

The End

後記

重拾寫愛情的感覺，原本覺得可能會困難，但一旦打開電腦，就會發現這些年來身邊朋友的經驗有增無減，簡直多采多姿，都能交織出無限的情事。

以前大學時如果抽不到宿舍，到校外住宿的話，也有分很省、非常省跟超級省三種；在我念書還有那種坪數不大，走廊很窄很窄，十幾間雅房共用兩間廁所，每間房間都很小的雅房，這種就超便宜；接下來是坪數大一點的套房、依大小可以找人合租或自己住，再來一種就是家庭式了。

大概除了個人套房外，都要學習怎麼跟別人共同生活與相處，我是挺贊成的啦，我覺得這樣可以培養與他人生活的能力，不管好壞，至少都是學習，但是家庭式比宿舍複雜就是看你住多大，因為有公共空間的問題，客廳、廚房、餐廳、浴室……等等。

清掃啦、倒垃圾、在客廳吃東西的收拾，反正很多細節學問的，女生又比男生更複雜，因此共住的人一般大家都會找同學，如果是大一大家還不熟，就是一場賭注了，不和的話忍個一年也就過了，大二開始就會找志同道合的——BUT，有時個性很合的好朋友，也不代表住在一起的生活習慣會合喔！

這就是為什麼很多好朋友出去旅遊後回來就掰啦XDDD

那如果，直接中到籤王——潔癖室友怎麼辦？

整個就是無語問蒼天啊啊啊，但是看完這本故事的你，覺得愛開趴、每天吵到天翻地覆的室友好？還是潔癖室友好？科科，當然一定要選一個啦！有時人生就會發生不得已的狀況，只能二選一嘛！

我是寧願選潔癖啦，大不了我就盡量不要使用外面的物品，不得已用了就維持基本乾淨，潔癖太超過當然不行……總之硬要忍的話，我寧願忍潔癖者就是了，那種夜夜狂歡的會攪亂作息，太痛苦。

當然我們女主角正是這種不得已情況下，也選擇了潔癖者（其實她好像也沒太多選擇），其實有沒有家庭式共住是異性？是有的喔！因為大家有自己的房間，比較無所謂，至於未來有無發展，真的就看緣分了。

這次描寫的雖然是大學生活，但在戀愛上都曾有崎嶇，不管是被劈腿還是劈腿，兵變還是被兵變，被遺落下的那個人總是最傷心的那個。

兵變是眾多情人會害怕的事，但也總是在發生，男孩子在當兵時那種緊繃的氛圍下，孤身一人，不只會想情人，也會思念家人，這時總是特別想念親情友情與愛情的時刻。

其實在外面等待的那個也是，因為寂寞，本來總是在身邊的愛人變得遙遠，所以也是一有機會就會想要見面聊天。

因此當有一方疏於聯繫時，多半都是問題的開端。

常說寫作者都是在出賣朋友的，認識的朋友同學中，有男有女，有兵變也有被兵變的；有女孩興高采烈的去懇親，事前還故意說沒辦法去，想給男友一個驚喜（給驚喜是很可怕的），結果換男友給她驚喜，因為男友早就跟同袍之前來懇親的妹妹在一起了。

也有當兵時女友音訊全無，他退伍那天的 PARTY 上，女友挽著其他人現身，以「這是我未婚夫」的身分介紹那個男人。

這個女友覺得都一年沒聯繫了，想當然耳是分手了啊！結果這位前男友後來陷入憂鬱，整整八年不敢再碰愛情。

當然也有學長派的，既然愛情不值得信任，那就都不要講愛，談性就好，追求短暫的歡愉，只要不投入感情，也就不會受傷。

但不管哪一種，都是傷心人。

就算外表看起來再強悍，再 MAN 的人，也是會傷心的……總覺得很多人喜歡說「因為你比他堅強，所以可以受得住」，或是「他這麼脆弱沒有我不行，但是你沒關係」這種亂七八糟的論調，好像堅強的人就可以任意傷害似的！

所以這次寫了女a既堅強又大剌剌的，熱情開朗，但她還是會受傷！

不強求有情人終成眷屬，只希望每個人在愛情裡都能得到幸福，就算只是過客，也能有有所成長及美好的回憶。

最後感謝購買此書的您，購書是對作者最直接也最實際的支持，謝謝您！

笭菁

All about Love / 29

招租中，戀愛請進

國家圖書館出版品預行編目資料
招租中，戀愛請進 ／等菁 著.
— 初版. — 臺北市 ： 春天出版國際, 2016.12
面； 公分. —（All about Love ；29）
ISBN 978-986-5607-93-7（平裝）
857.7　　　　105020078

ISBN 978-986-5607-93-7
Printed in Taiwan

作　者　等菁
總編輯　莊宜勳
企劃主編　鍾靈
責任編輯　牛世竣、黃郁潔
封面設計　三石設計

出版者　春天出版國際文化有限公司
地　址　台北市信義區信義路四段458號3樓
電　話　02-7718-0898
傳　真　02-7718-2388
E－mail　frank.spring@msa.hinet.net
網　址　http://www.bookspring.com.tw
部落格　http://blog.pixnet.net/bookspring
郵政帳號　19705538
戶　名　春天出版國際文化有限公司
法律顧問　蕭顯忠律師事務所
出版日期　二〇一六年十二月初版
定　價　199元

總經銷　楨德圖書事業有限公司
地　址　新北市新店區寶興路45巷6弄6號5樓
電　話　02-8919-3186
傳　真　02-8914-5524